KB072978

고구려왕조실록 1

동명성왕~광개토왕 편

일러두기
· 이 책에 표기된 연도 중 기원전이 아닌 연도는 편의상 '서기'를 생략했다.
· 광무제 유수가 세운 한(漢)나라는 후한(後漢)으로 표기했다.
· 고운이 등극한 이후의 후연은 북연(北燕)으로 구분한다.

들어가며

고구려 역사를 두고 한국과 중국이 서로 자기네 역사라고 다툴 만큼 동아시아에서 고구려가 차지하는 비중은 크다. 이와 같이 적지 않은 비중을 가진 고구려의 역사를 두고 중국에서는 "고구려가 중원 제국의 지방 정권으로 수백 년 동안 할거했다"는 식으로 보는 경향이 있다.

그러나 이는 전근대 중화주의적인 세계관으로 윤색된 시각일 뿐이다. 이러한 시각은 당시 실제 역사를 이해하는 데 방해가 된다. 이러한 시각 때문에라도 고구려가 중원 제국과 어떻게 관계를 맺어왔는지 살펴볼 필요가 있다. 고구려가 실제로 걸어왔던 길을 찬찬히 살펴보면 시비가 걸린 문제에 대한 해답을 얻을 수 있기 때문이다.

물론 여기에는 약간의 난점이 있다. 고대사에 대한 기록이 그렇듯이, 고구려의 발자취를 면밀하게 살펴볼 기록이 많지 않은 점이다. 그리고 이는 또 다른 문제점을 낳는다. 고구려 역사를 면밀하게 복원해낼 사료(史料)가 많이 부족하다는 점을 악용해서, 근거도 없는 추측만으로 이해가 되지 않을 만큼 고구려 역사를 과장해내는 일도 생기는 것이다.

이는 중화주의 사관(史觀)이나 식민사관에 근거해 고구려 역사를 축소하는 것만큼이나 우리 사회에 악영향을 줄 일이다. 그러므로 이 책에서는 박약한 근거를 이용해서 없는 역사를 만들어내는 우(愚)를 최대한 자제하려 한다.

이러한 자제가 답답할 수도 있고 문제에 대한 해결책이 될 수는 없다. 하지만 최근 추정으로 역사를 부풀리는 부작용이 심해지고 있는 듯해 이렇게 방향을 잡아보려 한다.

비슷한 맥락에서 또 하나의 문제를 언급해야 할 듯하다. 고구려 역사에도 매우 많은 논란이 있고, 이런 부분을 전부 다루기 곤란하다는 점도 언급해야 할 것 같다. 그래도 가능한 부분은 간략하게나마 다루어볼 방침이다. 이와 같은 난점에도 불구하고, 고구려 역사를 다음과 같은 정도의 윤곽으로 복원해볼 수 있다.

부여에서 갈려 나온 고구려는 점차 세력을 키워, 나중에는 자신의 기원이었던 부여까지 흡수하며 팽창해나갔다. 이 과정에서 주변의 작은 세력은 물론, 대제국 한(漢)의 군현(郡縣)까지 흡수해버렸다.

고구려가 이렇게 팽창하면서 중원 제국과 갈등이 깊어졌다. 유교 원리주의를 실현하려던 왕망(王莽)의 신(新), 군현을 잃어버린 후한(後漢) 등 중국 역사 초기의 제국들은 고구려와 심한 분쟁을 벌였다. 고구려는 이들 중원 제국에 형식적으로는 사대(事大)의 예를 취했지만, 실질적으로는 독자 노선을 걸었다. 그래서 중원 제국과 마찰을 빚는 경우가 많았다.

후한이 멸망하고 중원이 분열되자, 고구려는 이들의 대립을 이용해 자신의 안보를 확보하려 했다. 특히 중국의 남북조 시대에는 화북의 패자(霸者) 북위(北魏)의 경고에도 불구하고, 중원에서 북위와 경쟁하던 남조(南朝)에 조공 사절을 보내며 조공의 원칙과 다른 등거리 외교를 펼쳤다.

「들어가는 말」을 끝맺기 전에 간단한 설명 하나를 추가해야 할 듯하다. 『삼국사기』에는 기상 이변이나 자연재해와 관련된 기록이 많이 나타난다. 이와 같은 이상 현상이나 재해는 원래 "통치자의 행태에 대한 하늘의 뜻을 보여준다"는 유교 관념 때문에 비중 있게 다루어지는 것이다.

그렇지만 이러한 이변이 나타났다고 해서 반드시 정치 변동이 뒤따르지는 않았다. 역사를 기록하는 사관은 자신들이 가진 관념 때문에 무조건 기상 이변과 재해를 기록해놓았겠지만, 이것이 나타난 현상에 걸맞은 정치 변동으로 이어지는 경우가 얼마나 되는지는 의심스럽다.

뒤집어 말하면 일부 사건에서는 실제 역사적인 변화와 별 상관없이 나타나고 기록된 기상 이변과 재해가 중요한 예언이나 되는 것처럼 다루어지는 경우도 있다는 뜻이 된다. 이러한 내용이 나타나는 양상도 전체적인 기록의 흐름을 본다면 시사점이 있을 것이다.

제1대, 동명성왕

천손 주몽

고조선의 시조(始祖)는 단군왕검이라고 확실하게 기록되어 있다. 하지만 고구려 시조에 대해서는 약간의 논란이 있다. 대부분 고구려 시조는 주몽(朱蒙)이라고 알고 있다.

주몽이라는 이름이 붙게 된 이유에 대해서는 『삼국사기』에 "그의 나이 겨우 일곱 살이었을 때에 남달리 뛰어나 스스로 활과 화살을 만들어 쏘면 백발백중이었다. 부여의 속어에 활을 잘 쏘는 것을 주몽이라 했으므로 이것으로 이름을 삼았다"고 소개되어 있다.

그렇지만 실제로는 고구려 시조가 추모(鄒牟)·상해(象解) 등 여러 이름으로 전해진다. 고구려 때 만들어진 광개토왕비와 모두루 묘지에는 '추모왕'이라 기록했다. 주몽에 대해 기록하고 있는 사료에 따라 조금씩 차이가 있는 것이다.

여기서 주목할 만한 것 가운데 하나가 동명성왕(東明聖王)이라고 높여 불리기도 했다는 점인데, 이는 의미심장한 시사라 여겨진다. 부여 또한 동명(東明)을 시조로 모셨기 때문이다. 백제도 마찬가지였기 때문에 부여 · 고구려 · 백제는 같은 계통의 종족이었다는 시사가 된다. 주몽이 태어나서 고구려를 세우기까지 묘사한 설화도 동명 설화와 줄거리가 구조적으로 비슷하다. 다음 내용이 바로 동명 설화다.

옛날 북방에 고리라는 나라가 있었다. 그 나라 왕의 몸종이 임신을 해 왕이 죽이려 하자 종이 말하기를, "달걀만 한 기운이(하늘에서) 나한테 내려와 임신하게 되었다"고 했다. 나중에 종이 아들을 낳자 왕이 그를 돼지우리에 버렸으나, 돼지가 입김을 불어 덥혀주어 죽지 않았다. 마구간에 넣자, 말이 또 입김을 불어주어 죽지 않았다.

왕은 그가 하늘의 아들인 것을 알고 그의 어머니에게 기르게 했다. 그의 이름은 동명이라고 했는데, 활을 잘 쏘았다. 왕이 나라를 빼앗길까 염려해 그를 죽이려 했다. 동명이 남쪽으로 달아나 시엄수에 이르러 활을 가지고 물을 치자 고기와 자라 들이 떠올라 다리를 놓아주어 건너갈 수 있었다. 그러고는 고기와 자라 들이 흩어져 뒤쫓아오던 군대는 건너지 못했다. 동명이 수도를 건설하고 부여의 땅을 다스렸다.

동명 설화와 주몽 설화에서 차이가 나는 부분은 주몽의 아버지가 천제(天帝)의 아들인 해모수(解慕漱)로 설정되었다는 점, 어머니도 몸종이 아니라 하백(河伯)의 딸 유화부인(柳花夫人)이라고 되어 있는 점 정도다. 그리고 동명은 사람으로 태어난 반면, 주몽은 알에서 태어났다고 설정되었다.

그런데 동명이건 주몽이건 부여와 연결되어 활동하고 있었다는 점은 비슷하다. 동명은 부여의 시조로 되어 있고, 부여의 왕 자리를 그의 후손인 해부루(解夫婁)와 금와(金蛙)가 이어받았다. 주몽 또한 해부루 · 금와와 연결되어 있다. 부여의 금와왕(金蛙王)이 태백산 남쪽 우발수(優渤水)에 있는 집에서 쫓겨나 떠돌던 유화부인을 거두어주었고, 그녀가 낳은 아들을 키웠다고 설정된 것이다.

부여 시조 동명과 비슷한 설화지만, 원래 동명과 고구려 시조 주몽은 다른 인물이었다는 해석이 지배적이다. 또 굳이 북부여 왕 해모수를 아버지로 설정한 것도 고구려 왕실의

근원을 주몽이 태어났던 동부여(東扶餘)가 아닌 북부여에 두고 있음을 보여준다고 해석한다. 그런데도 이들에 대한 설화가 비슷한 이유가 있다. 고구려를 세운 세력이 부여에서 갈려 나왔으며 결국 부여를 흡수해버렸기 때문에 통치자를 미화하는 건국 설화에도 많은 부분을 차용했다고 볼 수 있다.

이는 "일전에 하느님이 내게 내려와 '장차 내 자손으로 하여금 이곳에 나라를 세우게 할 것이니 너희는 피하거라. 동쪽 바닷가에 가섭원(迦葉原)이라는 땅이 있는데, 토양이 비옥해 오곡(五穀)이 잘 자라니 도읍할 만하다'고 했습니다"라는 아란불(阿蘭弗)의 말에 따라 해부루가 수도를 옮겼다는 내용도 마찬가지다.

이것이 동부여의 시작인데, 이 직후 해부루가 자리한 지역에 주몽의 아버지 해모수가 터전을 잡았다는 내용이 추가된다. 이와 같은 내용이 전하려는 메시지는 분명하다. 주몽은 부여 지역을 통치할 운명을 타고난 천손 해모수의 핏줄이라는 것이다.

주몽 설화가 전하려는 메시지

이는 이후 주몽의 활동과도 무관하지 않다. 주몽은 자라면서 금와왕의 아들들에 비해 월등한 능력을 보였다고 한다. 그러자 금와왕의 큰아들 대소(帶素)를 비롯한 왕자들과 신하들이 위협을 느껴 주몽을 죽이려 했다.

이를 눈치챈 주몽의 어머니가 주몽에게 피신을 종용했고, 이를 받아들인 주몽은 졸본부여(卒本扶餘)로 도망쳤다. 이때 주몽과 같이 피신했던 사람이 오이(烏伊)·마리(摩離)·협보(陜父)다. 쫓아오는 추격군을 피해 도망치는 도중에 앞에 강이 놓여 건널 수 없게 되자 "나는 천제의 아들이요, 하백의 외손이다"라 했다. 그러자 물고기와 자라가 다리를 만들어 주어 추격군을 따돌렸다는 점은 동명 설화와 같다.

추격군을 따돌린 후 모둔곡(毛屯谷)에 이르러 재사(再思)·무골(武骨)·묵거(默居)를 만났다. 주몽은 재사에게 극(克) 씨, 무골에게 중실(仲室) 씨, 묵거에게 소실(少室) 씨라는 성을 내려주었다고 한다. 이들을 이끌고 졸본천(卒本川: 『위서魏書』에는 흘승골성紇升骨城)에 이르러 나라를 세우고 나라 이름을 고구려로 정했다. 이 시기가 기원전 37년이라 한다.

이렇게 하늘의 도움으로 나라를 세운 뒤에도 의미심장한 사건이 이어졌다. 주몽이 즉위한 지 3년째인 기원전 35년 3월에 황룡(黃龍)이 골령(鶻嶺)에 나타났고, 7월에는 상서로운 구름이 골령 남쪽에 나타났다. 기원전 32년(주몽 6) 8월에는 신작(神雀: 상서로움을 나타내는 새)이 궁정에 모였고, 기원전

28년(주몽 10) 9월에는 "난새[鸞: 중국 전설에 나오는 상상의 새]가 왕대(王臺: 흙을 쌓아 사방을 살필 수 있게 왕궁에 만든 시설로 추정)에 모였다"는 내용이 나온다. 이와 같은 내용도 '주몽이 나라를 세우고 이끌어간 데 하늘의 뜻이 있었다'는 메시지를 주고 있다.

주몽이 나라를 세우자 따르는 사람이 많았다는 내용도 이어진다. 주변에 말갈(靺鞨) 부락이 있었는데, 침략당할 염려에 이들을 물리치니 말갈이 두려워 굴복하고 감히 침범하지 못했다고 한다. 그리고 다음 해인 기원전 36년(주몽 3), 전해에 갈등을 빚던 비류국(沸流國: 또는 다물국多勿國)의 왕 송양(松讓)의 항복을 받았고, 기원전 34년(주몽 4)에는 성곽과 궁실을 지었다. 기원전 33년(주몽 5)에는 행인국(荇人國)을 정복하고, 기원전 28년(주몽 10)에는 북옥저(北沃沮)를 멸망시키며 나라의 기반을 다졌다고 한다.

이렇게 주몽이 나라를 세우고 세력을 키워나가던 과정을 묘사한 기록이 전하려는 메시지도 분명하다. 그가 부여의 다른 왕족들과 비교해 월등한 능력을 갖췄다는 점이다. 그래서 상서로운 징조들이 나타났고, 주변 세력들도 주몽에 복속하거나 귀부했다는 점을 시사한다. 이와 같은 능력이 말갈을 제압하고 송양의 항복을 받으며 나라의 기반을 잡는 원동력이었다고 말하는 셈이다. 이러한 메시지는 주몽의 후손인 고구려의 통치 집단을 정당화하는 데 중요한 역할을 했다.

주몽 말년에는 동부여에 남아 있던 어머니 유화가 죽었다. 금와가 태후의 예로 장사 지내고, 주몽도 사신을 부여에 보내 토산물을 주어 그 은덕을 갚았다. 이를 보면 대소가 주몽을 죽이려 했지만 금와와 주몽의 관계는 그다지 나쁘지 않았다고 생각하기 쉽다.

그러나 바로 다음에 상반되는 내용이 이어진다. 부여에서 설움을 받던 주몽의 아들 유리(類利)가 그의 어머니와 함께 고구려로 도망해 온 것이다. 이는 주몽 자신뿐 아니라, 고구려의 장래에도 큰 영향을 주었다.

제2대, 유리왕

유리의 등장과 파란

『삼국사기』에는 주몽의 뒤를 이은 사람이 부여에서 온 아들 유리(또는 유류孺留)라고 되어 있다. 주몽이 부여에 있을 때 혼인한 예(禮) 씨에게서 얻은 아들이다.

유리는 부여에서 아버지 없는 자식이라는 말에 충격을 받았다. 그리고 어머니에게 아버지에 대해 물으면서 탄생의 비밀을 듣게 되었다고 한다. 이 때문에 아버지가 남긴 유품인 부러진 칼 한쪽을 찾아 옥지(屋智) · 구추(句鄒) · 도조(都祖)와 함께 졸본으로 찾아왔다.

물론 유리의 탄생 설화에는 조금 의아한 부분도 있다. 기록대로라면 부여왕 금와는 주몽의 어머니를 태후의 예로 장사 지내줄 정도로 대우했는데, 부인과 아들은 박대했다. 또 『삼국사기』「고구려본기」 시조 동명성왕의 마지막 기사에는 주몽의 부인인 예 씨도 이때 같이 주몽을 찾아왔다고 한다. 그랬으면 부인이 아들을 확인해주는 편이 정확하지 굳이 아들임을 확인할 징표는 필요 없었을 것이다. 그래서인지 유리왕 즉위년의 기사에는 같은 내용을 묘사하면서도 주몽의 부인이 같이 왔다는 이야기가 나오지 않는다.

이런 내용이 『삼국사기』 초기 기록을 믿지 못하겠다는 주장에 핑계가 되어주기도 한다. 그렇지만 역사 초기에 나라가 세워지는 데 대한 기록은 설화의 형태로 남아 있는 경우가 많으니, 이런 것을 빌미로 사료 전체를 못 믿겠다고 나오는 것은 핑계일 수밖에 없다. 단지 동명 설화 등에서도 본 것처럼 여기에는 많은 과장과 윤색이 들어가게 마련이므로 그 가능성은 고려하고 보아야 한다.

어쨌든 주몽은 자신을 찾아온 유리를 태자로 책봉했고, 결국 왕위도 물려주었다. 그런데 이는 또 다른 문제를 낳았다. 부인을 남겨두고 부여를 떠난 주몽이 또 다른 부인을 얻었기 때문이다.

주몽이 고구려를 세우는 과정에서 얻었던 부인에 대해서

도 기록이 엇갈린다. 앞서 보았듯이, 『삼국사기』「고구려본기」에는 주몽이 송양의 딸과 혼인했다고 되어 있다. 그렇지만 「백제본기」에는 주몽의 부인이 "소서노(召西奴)로 졸본 사람 연타발(延陀勃)의 딸이었다"는 기록이 나온다. "주몽이 졸본에 도착해 월군(越郡)의 여자를 아내로 맞아들여 두 아들을 낳았다"는 말과 함께 "주몽이 졸본부여에 이르렀다. 부여왕은 아들이 없고 딸만 셋이 있었는데 주몽을 보고는 보통 사람이 아니라는 것을 알고 둘째 딸을 아내로 삼게 했다"는 내용도 이어진다.

이와 같이 주몽의 부인에 대해서 엇갈리는 기록이 많다. 그러나 유리와 관련해서 중요한 점은 주몽이 새로 얻은 부인에게도 아들을 얻었다는 사실이다. 소서노의 아들을 제쳐놓고 부여에서 찾아온 아들인 유리에게 왕위를 물려주었기 때문이다.

이는 고구려 역사에 파란을 일으켰다. 이에 반발한 소서노와 그 아들들이 고구려를 떠났던 것이다. 그리고 이 사태가 백제의 기원이 되었다. 이 과정에서 상당한 갈등이 있었겠지만, 기록에는 구체적인 내용이 남아 있지 않다.

이런 파란을 겪고 즉위한 유리왕의 혼인 생활은 순탄하지 못했다. 우선 유리 또한 송양의 딸을 아내로 맞이했다고 되어 있다. 기록대로라면 이모를 아내로 맞이한 셈이다. 이것도 사실인지에 대해서는 논란이 있겠지만, 이 문제는 다음 왕인 대무신왕(大武神王)의 탄생과 결부시켜 살펴보기로 하고 잠시 미루자. 사실 여부는 둘째 치고 이 부인은 오래 살지 못했으니까.

이 자체가 불행이라면 불행이었겠지만, 여기서 그치지 않았다는 점이 진짜 불행의 시작이었다. 송양의 딸이 죽은 다음 유리왕이 두 명의 부인을 더 들였던 것도 또 다른 불행을 낳았다. 부인 중 하나는 골천인의 딸 화희(禾姬)이고, 또 하나는 한(漢)나라 출신인 치희(稚姬)다.

한 남자가 여러 여자를 거느리고 살면 대개 그렇듯이, 두 부인의 사이도 매우 좋지 않았다. 이를 고려한 유리왕이 양곡(涼谷)의 동쪽과 서쪽에 궁을 지어 따로 살게 했는데도, 왕이 사냥을 나간 사이에 두 여자 사이에 다툼이 벌어졌다. 이 결과 화희에게 모욕을 당한 치희가 궁을 나가버렸다. 유리왕이 치희를 쫓아갔으나 치희는 화를 내며 돌아가지 않았다. 이때 허탕을 치고 돌아오던 유리왕이 꾀꼬리를 보고 지었다는 노래가 바로 「황조가(黃鳥歌)」다.

아끼던 부인 하나를 잃은 불행을 극복하고, 유리왕은 기원전 9년(유리왕 11)에 부분노(扶芬奴)의 계략 덕분에 그동안 위협이 되던 선비(鮮卑)를 제압했다. 그렇지만 가정의 불행은 그치지 않았다. 기원전 6년(유리왕 14)에는 볼모를 교환하자는 부여왕 대소의 제안을 받았던 일도 묘한 결과를 낳았다. 인질로 가는 것을 두려워한 태자 도절(都切) 때문에 대소의 제안이 무산되면서 사달이 일어났던 것이다. 고구려에서 제안을 거절하자 부여가 침공을 감행했다. 이 침공 자체는 큰 눈이 내리는 바람에 실패해, 부여군이 철수했다.

그렇지만 6년 후인 1년(유리왕 1) 태자 도절이 죽었다. 도절이 죽은 이유에 대해서는 구체적인 기록이 남아 있지 않다. 그래서 앞의 사건과 관계가 있었는지, 있었다면 어떤 관계였는지는 알 수 없다. 단지 유리왕이 태자를 잃는 불행을 겪었다는 점만 알 수 있을 뿐이다.

천도를 둘러싼 에피소드

태자를 잃기 전, 부여의 침공을 격퇴하고 여유를 얻은 유리왕은 3년(유리왕 22)에 국내성(國內城)으로 천도했다. 그런데 천도에는 약간의 사연이 있었다. 제사에 쓸 돼지가 달아난 일이 계기가 된 것이다.

유리왕은 탁리(託利)와 사비(斯卑)를 시켜 달아난 돼지를 잡도록 했는데, 이들은 돼지를 잡아 다리의 힘줄을 끊어버렸다. 다시 달아나지 못하게 하려는 의도였겠지만, 유리왕은 이것이 하늘에 바칠 제물을 상하게 한 행위라며 진노했다. 그래서 탁리와 사비를 구덩이 속에 던져 넣어 죽여버렸다. 이후 유리왕은 병에 걸렸는데, 탁리와 사비 때문이라는 무당의 말에 왕이 사과하고 병이 나았다는 해프닝도 있었다.

이 사건은 엉뚱한 방향으로 발전했다. 2년(유리왕 21) 3월에 제사에 쓸 돼지가 또다시 달아나버린 것이다. 이번에는 장생(掌牲)과 설지(薛支)에게 명해 뒤쫓게 했다. 돼지를 쫓던 그는 국내(國內) 위나암(尉那巖)에 이르러 돼지를 찾아냈다. 탁리와 사비의 교훈이 있었던지라 설지는 돼지에 손대지 않고, 그 지방 사람의 집에 가두어 기르게 하고는 돌아왔다.

그런데 돌아온 설지는 단순히 돼지에 대한 일을 보고하는 것으로 끝내지 않았다. 그가 유리왕을 뵙고 아뢴 내용은 "돼지를 쫓아 국내 위나암에 이르렀는데, 이 지역이 적을 방어하기에도 좋고 살기에도 좋으니 수도를 옮기자는 것"이었다. 이후의 과정에 대해서는 구체적인 기록이 나타나지 않으나, 어쨌든 이 일이 있고 난 다음 해 유리왕은 수도를 국내성으로 옮겼다.

이렇게 중요한 사업을 성사시키면서도 유리왕은 가까운 사람을 잃는 불행을 계속 겪었다. 국내로 천도하고 위나암성을 쌓았던 해의 일이었다. 주몽의 측근이었던 대보(大輔) 협보는 천도로 처리해야 할 일이 많은데도 유리왕이 정사를 돌보지 않고 자주 사냥을 나가는 데 대해 간언을 했다. 유리왕은 화를 내며 그의 관직을 빼앗았고, 협보는 이 조치에 반발해서 떠나버렸다.

뒤이어 태자로 책봉된 해명(解明)도 엉뚱한 사건을 벌이다가 죽음을 맞았다. 황룡국(黃龍國)의 왕이 옛 수도에 머무르던 해명에게 강한 활을 선물로 주었는데, 해명이 사신 앞에서 활을 당겨 부러뜨려버렸다. 그러면서 "내가 힘이 세기 때문이 아니라 활이 강하지 못한 탓이다"라고 말해 황룡국왕에게 망신을 주었다.

이 사태를 알게 된 유리왕은 진노했다. 그러고는 황룡국왕에게 "해명이 자식으로서 불효하니 과인을 위해서 (그를) 죽여줄 것을 청합니다"라는 뜻을 알렸다. 이후 황룡국왕이 태자를 초청했고, 측근들이 말렸으나 해명은 황룡국으로 갔다. 이때까지도 해명은 무사했다. 처음에는 황룡국왕이 해명을 죽이려고 초청했으나 그의 사람됨을 보고 마음을 바꾸었기 때문이다.

그렇지만 해명이 살아남지는 못했다. 오히려 아버지인 유리왕이 "내가 천도한 이유는 백성을 편안하게 하고 나라를 튼튼하게 하려는 것이다. 너는 나를 따르지 않고 힘이 센 것만 믿고 이웃 나라와 원한을 맺었으니, 자식 된 도리로 이럴 수 있느냐?"며 해명을 꾸짖고는 자살을 종용했던 것이다. 유리왕의 명을 받은 해명은 주변의 만류에도 불구하고 자살해 버렸다. 이 사건으로 유리왕과 해명은 훗날 『삼국사기』 편찬자들에게 "아비가 아비답지 못했고 자식이 자식답지 못했다"는 비난을 받았다.

이에 더해 말년인 18년(유리왕 37) 4월에는 왕자 여진(如津)이 물에 빠져 죽는 일도 있었다. 유리왕이 애통해하며 시체를 찾았으나 한동안 찾지 못하다가, 후에 비류 사람 제수(祭須)가 시신을 찾아왔다고 한다.

이러는 와중에도 유리왕은 새로 만난 사람들을 등용했다. 2년(유리왕 21), 유리왕은 국내성에 가서 지세를 보고 돌아오다가 사물택(沙勿澤)에서 한 장부가 진펄(땅이 질어 질퍽한 벌) 위의 바위에 앉은 것을 보았다. 그가 왕에게 "신하가 되기를 원합니다"라고 하자, 기뻐하면서 허락하고 사물(沙勿)이라는 이름과 위(位) 씨 성을 내려주었다. 기산(箕山) 벌판에서 사냥하다가 만난 사람에게도 "양 겨드랑이에 깃이 달렸다"는 점에 착안해 우(羽) 씨 성을 주었다. 그 뒤 그를 조정에 등용하며 사위로 삼았다.

이렇게 아버지의 측근은 물론 아들까지 제거하면서 낯선 사람을 등용한 이유는 자신을 위주로 권력 구조를 개편하려는 의도였다고 짐작해볼 수 있다. 천도 또한 대개 이러한 의도가 있을 때 감행하는 것이다.

왕망 정권과의 갈등

유리왕 말년에는 두 가지 주목할 만한 사건이 있다. 하나는 중원과의 관계이고, 다른 하나는 셋째 왕자 무휼(無恤)의 부각이다.

먼저 중원 제국과의 관계에 대한 기록의 의미가 크다. 이는 우리 고대사학계에서 고구려 역사를 보는 시각과 직결되기 때문에 중요한 의미가 있다. 고대사학계의 비중 있는 인사들이 『삼국사기』에 나오는 태조왕(太祖王) 이전의 기록을 조작되어 있다고 보고 이를 믿지 않기 때문이다.

그렇지만 고구려가 중원 제국과 관계를 맺었다는 내용이 바로 유리왕 때에 나타난다. 이 시기 중원에서는 왕망이 집권하고 있었다. 고구려에서는 12년(유리왕 31)에 해당한다.

이때 신(新)을 세운 왕망은 정권을 잡고 나서 주변국과의 명분에 불과했던 조공·책봉 관계, 즉 신속(臣屬) 관계를 실현하려 했다. 이를 위한 조치 중 하나가 주변국 지배자 상당수에 대한 호칭을 왕(王)에서 후(侯)로 고치고, 자신들이 보내준 인장(印章)을 회수하도록 한 것이다.

물론 이러한 조치에 반발이 생겼다. 이 가운데 전통적으로 중원 제국에 위협이 되어왔던 흉노가 특히 반발했다. 이를 처리하는 과정에서 왕망은 고구려에 군사를 보내달라고 압력을 넣었다. 고구려에서는 왕망의 요구가 달가울 리 없었다. 그러자 왕망은 강압적으로 요구를 관철시켰고, 고구려는 마지못해 병력을 제공했다.

그렇지만 왕망을 위한 전쟁에 억지로 동원된 고구려 병사들이 이에 반발해 탈영해버렸다. 탈영한 병사들은 국경 너머로 도망쳐 노략질까지 했다고 한다. 이러한 사태를 수습하기 위해 요서(遼西)의 대윤(大尹) 전담(田譚)이 탈영한 고구려 병사들을 추격하다가 살해되었다.

이러한 사태에 직면한 왕망은 장수 엄우(嚴尤)에게 고구려에 대한 응징을 명했다. 그런데 이때 엄우는 "이 문제는 고구려 후 추(騶)의 책임이 아니다"라고 두둔해주었다. 그런데도 왕망은 고구려 정벌을 강행했다. 그러자 엄우는 "고구려 후 추를 꼬여 국경 안으로 들어오게 한 뒤 목을 베어 그 머리를 장안(長安)에 보냈다"고 했다.

물론 고구려 기록을 반영했다고 볼 수 있는 『삼국사기』에는 다르게 나타난다. "엄우가 우리 장수 연비(延丕)를 유인해 머리를 베어서 수도로 보냈다"고 되어 있을 뿐이다.

기록을 종합해보면, 자신이 반대하는 고구려 정벌을 강행해야 할 처지에 있던 엄우가 위험을 무릅쓰고 고구려왕의 목숨을 노리지는 않았을 것 같다. 상황 파악을 위해 파견된 고구려 장수의 목을 쳐놓고 왕의 것이라고 속여 본국에 보고해버렸을 가능성이 크다.

고구려에서도 장수 하나를 희생양으로 삼아 더 이상의 분쟁을 피할 수 있었다면 굳이 사실을 밝히며 도발할 필요가 없었다. 왕망도 요구를 들어주지 않는 고구려를 응징했다는 정도로 체면을 세울 수 있으니, 서로 적당히 편리한 쪽으로 생각하면서 사건이 마무리된 것 같다.

이 사건 후, 왕망은 '고구려왕(高句麗王)'의 칭호를 고쳐서 하구려후(下句麗侯)라 부르게 했다. 자신의 비위를 거스른 고구려의 지위를 강등시킨 것이다. 그러나 이 사건이 고구려에 그리 큰 영향을 주지는 못했다. 이 사건을 두고도 여러 가지 학설이 난무한다. 하지만 왕망과 이 정도 갈등을 일으킨 세력이 고대국가 수준도 못 되었을 것 같지는 않다.

왕자 무휼의 부각

왕자 무휼은 부여와의 갈등 속에서 부각되었다. 그 계기는 해명이 죽은 9년(유리왕 28) 8월, 부여왕 대소의 사신이 와서 "자신들의 백성을 꾀어내서 도망쳐 나라를 세웠음에도, 자신을 섬기지 않는다"고 유리왕을 꾸짖었던 사건이다. 고구려에는 굴욕적인 요구였지만, 부여보다 열세라고 느낀 유리왕이 대소의 요구를 들어주고 훗날을 기약하려 했다.

그런데 이때 왕자 무휼이 나섰다. 어린 나이임에도 불구하고 부여 사신을 만나 말을 전했다. "부여에서 먼저 해치려고 해서 할아버지가 도망을 왔는데, 자기 잘못은 생각하지 않고 군사력을 앞세워 우리나라를 경멸한다"며 "지금 여기에 알들이 쌓여 있는데, 부여 대왕이 만약 이 알들을 허물지 않으면 왕을 섬기고, 알들을 허문다면 섬기지 않는다"고 한 것이다. 부여에서는 이를 "알들이 쌓여 있으면 위험하고, 허물지 않으면 안전하다"고 해석했다. "왕이 자신의 위험은 알지 못하고 남이 굴복해 오기를 바라니, 위험을 안전으로 바꾸어 스스로를 다스리는 것만 못하다"는 뜻이었다. 부여의 내부 사정부터 잘 다스리라는 충고인 셈이다.

이 사건 직후 『삼국사기』「고구려본기」에는 상징적인 에피소드 하나를 기록해놓았다.

> 10년(유리왕 29) 6월인, 모천(矛川)가에서 검은 개구리가 붉은 개구리와 무리 지어 싸웠는데, 검은 개구리가 이기지 못하고 죽은 일이 있었다. 이를 두고 어떤 사람이 "검은색은 북방 색이니, 북부여가 파멸할 징조"라고 해석했다.

이후 대무신왕 때까지 이어지는 사태는 이 해석이 실현되는 과정을 보여준다. 물론 개구리 사건이 실제로 기록된 시기에 일어났는지, 대무신왕의 부여 정복을 미화하기 위해 나중에 끼워 넣었는지 확인할 길은 없다. 어쨌든 이후 왕자 무휼의 활약이 부각되고 있다.

13년(유리왕 32) 11월에 부여가 침공하자, 무휼은 군사를 이끌고 나아갔다. 이 전투에서 고구려는 무휼의 지략으로 매복 작전을 펼쳐 부여군을 크게 격파했다. 결국 유리왕은 14년(유리왕 33) 정월에 두각을 나타낸 왕자 무휼을 태자로 책봉해서 정사를 맡겼다. 그리고 무휼은 유리왕이 죽은 18년(유리왕 37)에 즉위했다. 이렇게 즉위한 무휼이 고구려 제3대 왕인 대무신왕이다.

여기에 보너스 같은 사건이 하나 있다. 같은 해 8월에 유리왕은 오이와 마리에게 군사 2만을 주어 서쪽으로 양맥(梁貊)을 쳐서 멸망시키고, 군대를 진군시켜[進兵] 한나라의 고구려현(高句麗縣)까지 공격해서 차지했다. 이때 차지한 고구려현의 실체를 두고 고대사 학계에서는 논란이 있다.

제3대, 대무신왕

대무신왕의 등장과 고구려의 팽창

유리왕 말년인 18년(유리왕 37)에 태자로 책봉되었다가 뒤를 이은 고구려 제3대 왕이 대무신왕(또는 대해주류왕大解朱留王)이다. 그런데 대무신왕의 어머니에 대해서는 약간의 의문이 있다. 그녀에 대한 기록의 앞뒤가 맞지 않는 것이다. 『삼국사기』에는 단순히 대무신왕의 어머니가 "송(松) 씨로서 다물국의 왕 송양의 딸"이라고만 되어 있다. 유리왕이 송양의 딸을 아내로 맞았으니 당연한 일이라고 생각하기 쉽지만, 기록상 문제가 드러난다.

유리왕이 아내로 맞아들인 송양의 딸은 17년(유리왕 3)에 죽은 것으로 되어 있다. 그래서 유리왕이 새로 두 명의 왕비를 들였다. 그런데 대무신왕이 태자로 책봉된 14년(유리왕 33)에 11세였다는 점을 근거로 태어난 시기를 역산해보면 4년(유리왕 23) 즈음이 된다. 송양의 딸이 죽은 지 20년가량이 흐른 뒤다. 이를 두고 "또 다른 송양의 딸이 시집왔다" "기록이 잘못되었다"고 해석하지만 진실을 알기는 어렵다.

탄생의 비밀이야 어쨌든, 고구려는 대무신왕 때 크게 성장했다. 즉위한 다음 해인 19년(대무신왕 2)에 백제의 백성 1,000여 호가 투항해왔던 일은 조그마한 성과에 불과했다. 이어지는 사건도 어찌 해석해야 할지 분분하지만, 다음 해 봄 3월에 "동명왕묘(東明王廟)를 세웠다"는 기록도 나온다. 이 사건들을 부각시켜 기록한 의도가 백제 · 부여와 같은 시조를 섬기면서 정통성을 강조했다는 메시지를 주려는 것일지도 모르겠다.

이보다 비중이 큰 성과는 부여와 치른 분쟁에서 승기를 잡았다는 것이다. 고대사 기록에서는 이런 일을 '하늘의 뜻을 나타낸다'는 뜻에서 징조를 강조하는 경우가 많다. 이번 일도 예외는 아니다.

처음 나타나는 징조는 "대무신왕이 골구천(骨句川)에서 사냥하다 신비로운 말[神馬]을 얻어 거루(駏驤)라는 이름을 붙였다"는 것이다. 부여와 전쟁이 끝난 뒤의 일이지만, 나중에 "거루가 부여 말 100필을 거느리고 학반령(鶴盤嶺) 아래의 차회곡(車廻谷)에 이르렀다"고 했다.

다음 징조는 부여에서 시작되었다. 부여 사람이 머리 하나에 몸이 둘인 붉은 까마귀를 잡아 대소에게 바쳤는데, 이때 누군가가 대소에게 "까마귀는 (본래) 검은 것입니다. 지금 변해서 붉은색이 되었고 또 머리 하나에 몸이 둘이니, 두 나라를 아우를 징조입니다. 왕께서 고구려를 겸해 차지할 것입니다"라 했다. 이 말을 들은 대소가 기뻐하면서 까마귀를 고구려로 보냈다.

그런데 대소는 고구려에 다른 해석이 있다는 사실도 알게 되었다 한다. 고구려왕이 신하들과 논의하는 자리에서 "검은 것은 북방의 색인데 지금 변해서 남방의 색이 되었다. 또 붉은 까마귀는 상서로운 물건인데 (부여)왕이 취하지 않고 우리에게 보내었으니 양국의 존망은 아직 알 수 없다" 했다는 것이다. 이 말을 들은 대소는 "놀라며 후회했다"고 한다.

어디까지가 사실인지 알 도리는 없지만, 이런 내용이 기록으로 남은 것은 결국 고구려가 부여를 정복한 점을 정당화시키는 시사라고 해야 할 듯하다.

대무신왕이 부여에 대한 공격에 나섰을 때도 상서로운 징조들이 이어졌다. 비류수(沸流水) 가에 다다랐을 때, 물가에

솥을 들고 노는 것 같은 여인이 있어 다가가 보니 솥만 있었다. 그 솥은 불을 피우지 않고도 밥을 지을 수 있어, 군대 하나를 배불리 먹일 수 있었다. 이때 홀연히 나타난 장부(丈夫) 한 사람이 "이 솥은 우리 집의 물건이고, 누이가 잃은 것을 지금 왕께서 찾았으니 솥을 지고 따르게 해달라"고 했다. 대무신왕은 그의 요청을 허락하고, 그에게 부정(負鼎) 씨라는 성을 내려주었다고 한다.

이물림(利勿林)에서도 비슷한 일이 있었다. 잠을 자는데 밤에 쇳소리가 들려 동이 튼 후 사람을 시켜 살펴보게 하니, 금도장과 병기 등을 얻었다. 왕이 "하늘이 준 것"이라며 절을 하고 길을 떠나려 할 때, 키는 9척쯤이고 얼굴은 희고 눈에 광채가 있는 사람이 나타났다. 그는 왕에게 절하며 "신은 북명(北溟) 사람 괴유(怪由)입니다. 은밀히 듣건대 대왕께서 북쪽으로 부여를 정벌하신다 하니, 신은 따라가서 부여왕의 머리를 베어오기를 청합니다"고 말했다.

이후에 적곡(赤谷)의 마로(麻盧)라는 사람도 "긴 창으로 인도하기"를 청했다. 대무신왕은 이렇게 자신을 따르게 해달라는 요청을 모두 허락했다. 이러한 사례는 대무신왕이 부여를 정복할 때 여러 사람이 나서서 도와주었다는 메시지를 전달하는 셈이다.

그렇지만 부여를 정복하는 과정은 쉽지 않았다. 즉위한

지 5년째인 22년(대무신왕 5) 2월, 대무신왕은 부여국 남쪽으로 진군했다. 그런데 이 지역이 진흙투성이 습지였던 것 같다. 이때 대무신왕은 평지를 골라 군영을 만들고, 안장을 풀어 병졸을 쉬게 했다. 그러면서도 부여군의 기습을 두려워하는 기색이 없었다.

병력을 총동원해서 고구려의 침공에 맞섰던 부여왕은 이를 기회로 보고 기습을 위해 서둘렀다. 그렇지만 진창에 빠져 오도 가도 못하는 상태에 처했다. 이를 틈타 괴유가 나서서 부여군 진영을 무너뜨리고 부여왕 대소를 붙잡아 머리를 베었다.

이렇게 초전에 기세를 올렸음에도 이 자체가 결정타는 되지 못했던 것 같다. 왕을 잃고 기세가 꺾였지만 굴복하지 않고 부여군은 곧바로 반격해 고구려군을 포위했다. 포위당한 고구려군은 보급이 끊겨 군사들이 굶주림에 시달리는 등 어려움을 겪었다. 이러한 상황에서 하늘에 빌었더니, 홀연히 짙은 안개가 7일 동안이나 생겨 가까이 있는 사람도 분간할 수 없을 정도였다고 한다. 이를 틈타 풀로 허수아비를 만들고 무기를 쥐어 군영에 세워놓고, 샛길을 따라 밤에 빠져나왔다.

실패를 딛고 일어선 대무신왕의 정치력

성공적으로 철수했지만 고구려의 피해도 컸던 것 같다. 이때 골구천에서 얻었던 말과 비류원(沸流源)에서 얻었던 큰 솥을 잃었다. 이물림(利勿林)까지 후퇴해서는 들짐승으로 끼니를 때웠다고 한다.

『삼국사기』에서는 이 장면에서 대무신왕의 정치력을 부각시키고 있다. 수도로 돌아온 대무신왕은 신하를 모아 잔치를 베풀어주었다. 이때 대무신왕은 "내가 덕이 없어 경솔하게 부여를 정벌해 비록 왕은 죽였으나 그 나라를 멸하지 못했다. 그러면서 우리 군사와 물자를 많이 잃어버렸으니 이것은 나의 잘못이다" 하며 스스로 책임지는 자세를 보였다.

이와 함께 친히 죽은 자를 조문하고 아픈 자를 위문했다고 한다. 특히 이 전쟁에서 공을 세운 괴유가 병들자 친히 가서 위문했다. 괴유는 "신은 북명의 미천한 사람으로 두터운 은혜를 거듭 입었으므로 죽어도 사는 것 같아 보답할 일을 감히 잊지 못하겠습니다"라며 감격했다고 전한다. 패전의 책임을 남에게 전가하지 않는 자세로 자칫 일어날 수 있는 정국의 혼란을 잠재우고, 전쟁의 상처를 달래준 셈이다. 덕분에 왕의 덕과 의(義)에 감격해 모두 나라의 일에 목숨을 바치기를 바라는 분위기가 조성되었다고 한다.

고구려가 위기에서 벗어난 반면 부여는 분열되었다. 금와왕의 막내아들이라는 대소의 동생이 부여에서 갈라져 나와 갈사수(曷思水) 가에 이르러 나라를 세웠다. 부여왕의 사촌 동생은 1만여 명의 백성을 이끌고 고구려에 투항해 왔다. 대무신왕은 그를 연나부(掾那部)에 두고, 등에 줄무늬가 있다는 뜻에서 낙(絡) 씨 성을 주었다고 한다.

또한 대무신왕은 26년(대무신왕 9) 개마국(蓋馬國)을 병합했다. 이때 대무신왕이 왕만 죽였을 뿐 개마국 백성을 위로하고 이들에 대한 노략질을 삼가자, 구다국(句茶國)의 왕도 두려워 나라를 들어 항복했다고 한다.

대무신왕은 개마국을 병합하기 직전인 25년(대무신왕 8), 을두지(乙豆智)를 우보(右輔)로 삼고 군사(軍事)와 국정을 맡겼다. 그리고 개마국을 병합한 다음 해인 27년(대무신왕 10) 정월에 을두지를 좌보(左輔)로 삼고, 송옥구(松屋句)를 우보로 삼았다. 나름대로 인재를 기용했다는 것인데, 다음 해 후한이 쳐들어왔을 때 바로 이 인물의 언행이 중요한 역할을 했다는 인상을 주는 기록이 남아 있다.

27년(대무신왕 11) 7월, 후한의 요동(遼東) 태수(太守)가 고구려를 침략해 왔다. 대무신왕이 신하를 모아 대책을 물었고 이때 송옥구가 나섰다. 그는 "지금 중국에 흉년이 들어 도적이 벌 떼같이 일어나는데 명분 없이 군대를 출동시켰다. 이

것은 조정에서 결정한 게 아니라 필시 변방 장수의 개인적인 판단에서 감행된 것이라 성공할 수 없다"는 취지의 의견을 냈다. 그러자 좌보 을두지가 "후한의 군사를 힘으로는 이길 수 없다. 그러니 정면 대결을 피하고 성을 닫고 굳게 지키다 군사들이 피로해지기를 기다려 공격하자"는 다른 의견을 냈다.

대무신왕은 을두지의 말에 따라 위나암성(尉那巖城)으로 들어가 농성했다. 그런데도 후한의 군사들이 포위를 풀지 않자 위협을 느낀 왕은 을두지에게 대책을 물었다. 을두지는 "후한에서 성에 물이 나오는 샘이 없다고 여기기 때문에 오래 포위하고 있으면 항복하리라 보는 것이다. 그러니 연못의 잉어를 잡아 수초에 싸서 한나라에 보내자"고 제안했다. 왕은 이 말에 따라 사과의 뜻을 담은 글과 함께 수초에 싼 잉어를 선물로 보냈다. 그러자 후한 지휘관이 "성안에 물이 있어 쉽게 함락시킬 수 없다" 생각하고는 물러갔다고 한다.

후한의 침공을 물리친 30년(대무신왕 13), 정계개편이 일어났다. 7월, 매구곡(買溝谷) 사람 상수(尙須)가 동생 위수(尉須), 사촌 동생 우도(于刀)와 함께 항복해 왔다. 반면 2년 후인 32년(대무신왕 15) 3월에는 대신 구도(仇都) · 일구(逸苟) · 분구(焚求) 등 세 사람을 쫓아내고 서인(庶人)으로 삼았다. 세 사람이 비류의 부장(部長)으로 있을 때 남의 처첩(妻妾)과 재산을 빼앗는 횡포를 부린 것이 이유였다.

그런데 뒤에 약간의 설명이 더 붙어 있다. 원래 대무신왕은 이들을 죽이려 했으나 동명성왕의 옛 신하이므로 차마 극형에 처하지 못하고 내쫓아버렸다는 것이다. 그리고 대신 남부(南部) 사자(使者) 추발소(鄒敎素)를 부장으로 삼았다.

부장으로 부임한 추발소는 큰 집을 짓고 거처했는데, 구도 등은 죄인이어서 당(堂)에 오를 처지가 못 되었다. 그러자 구도 등이 "개과천선할 수 있게 해달라" 요청해왔다. 그러자 추발소는 아들을 이끌어 올려 "사람이 잘못이 없을 수 없습니다. 잘못해도 고칠 수 있으면 선함이 매우 큰 것입니다"라 말하고는 친구가 되어주었다 한다.

구도 등은 이를 계기로 다시는 악을 행하지 않았다. 왕은 이 말을 듣고 추발소의 능력을 인정하며 대실(大室) 씨라는 성을 주었다고 한다. 이러한 에피소드가 남아 있는 것으로 보아 선대의 인물을 제거하면서 자신이 사람을 기용해 정계를 개편하는 과정이 반영됐다고 짐작해본다.

아들을 잃은 불행, 후한과의 타협

대무신왕의 가장 큰 업적 중 하나로는 낙랑(樂浪)을 병합한 일을 꼽을 수 있다. 그런데 여기에는 유명한 '호동(好童) 왕자와 낙랑 공주'의 설화가 엮여 있다. 『삼국사기』「고구려 본기」에 실려 전하는 내용은 이렇다.

고구려 대무신왕의 둘째 왕비 소생인 호동은 용모가 수려했다. 그런 왕자 호동이 옥저에 갔다가 낙랑 태수 최리(崔理)의 눈에 띄었다. 호동이 마음에 들었던 최리는 딸을 주었다. 낙랑에는 적병의 침입을 저절로 알리는 자명고(自鳴鼓: 『삼국사기』에는 '스스로 울리는 북과 나팔'임)가 있어 정벌하기가 어려웠다. 그래서 호동이 낙랑 공주를 꾀어 자명고를 찢게 하고는 군사를 이끌어 정벌했다. 태수는 이 사실을 알고 딸을 죽인 후 항복했다.

그러나 이 사건에 대해서는 서로 엇갈리는 기록이 많다. 호동 왕자와 낙랑 공주 설화가 등장하는 32년(대무신왕 15)에 낙랑이 항복했다고 하면서도 5년 후인 37년(대무신왕 20)에 왕이 낙랑을 습격해 멸망시켰다는 내용이 또다시 나온다. 『삼국사기』「신라본기」에도 같은 해 낙랑의 백성 5,000여 명이 신라로 투항했다고 한다. 44년(대무신왕 27) 9월에는 "한나라 광무제가 군대를 보내 바다를 건너 낙랑을 정벌하고, 그 땅을 빼앗아 군현으로 삼았으므로, 살수(薩水) 이남이 한나라에 속하게 되었다"는 기사도 나온다.

이렇게 엇갈리는 내용이 나타나기 때문에 이 사건의 실체에 대해서는 아직도 논란이 많다. 32년(대무신왕 15) 낙랑과 시작한 전쟁이 37년(대무신왕 20)에 종결된 것으로 보기도 하며, 나중에 멸망한 낙랑을 최리의 낙랑과 다르다고 보기도 한다.

그런데 이렇게 낙랑 정벌에 공이 컸던 호동이 자살을 했다. 원인은 첫째 왕비의 모함 때문이었다. 둘째 왕비 소생인 호동을 왕이 총애하자 첫째 왕비가 호동에게 후계자 자리를 빼앗길까 염려했다. 그래서 왕에게 "호동이 저를 예로써 대접하지 않으니 아마 저에게 음행하려는 것 같습니다"라고 모함했다. 왕은 믿지 않았지만 왕비는 계속 우겼고, 호동은 변명하지 않았다. "만약 변명을 하면 이것은 어머니의 악함을 드러내어 왕께 근심을 끼치게 된다"는 이유 때문이었다. 왕은 처벌할 수밖에 없었고, 결국 호동은 칼에 엎어져 죽었다고 한다.

이 사건 또한 『삼국사기』 편찬자에게 비난을 샀다. "대무신왕은 참소하는 말을 믿고 죄 없는 아들을 죽였고, 호동은 아버지가 불의에 빠지지 않도록 하지 못했다"는 것이다. 호동이 죽자 태자 자리는 왕자 해우(解憂)에게 돌아갔다.

낙랑의 멸망 이후 후한 제국과 타협도 이루어졌다. 왕망이 강등시킨 고구려의 지위를 후한 광무제가 회복시켜준 것도 44년(대무신왕 27)의 일이었다. 그렇지만 고구려가 후한에

고분고분하지는 않은 듯하다. 심지어 고구려에 내려주는 물건조차 직접 전하지 못한 일도 있었다.

후한은 고구려에 북과 피리와 악공(樂工)을 하사했는데, 처음에는 현도군(玄菟郡)에서 조복(朝服)과 의책(依幘) 등을 받아갔다. 그렇지만 그 뒤 "차츰 교만 방자해져서 현도군에 오지 않았다"는 것이다. 그래서 현도군의 동쪽 경계에 작은 성을 쌓고, 조복과 의책을 그곳에 두어 해마다 고구려인이 성에 와서 가져가게 했다고 한다.

이러한 내용으로 보아 고구려와 후한의 관계가 그렇게 좋기만 했던 것 같지는 않다. 그런데 대무신왕은 이렇게 후한에서 지위를 회복한 44년(대무신왕 27) 10월에 죽었다.

제4대, 민중왕

베푸는 정치를 펼친 민중왕

대무신왕의 뒤를 이은 고구려 제4대 왕은 그의 동생인 민중왕(閔中王)이다. 태자 해우가 어려서 정사를 맡아볼 수 없었기 때문에 나라 사람들이 그를 왕으로 추대했다고 한다. 민중왕의 이름은 해색주(解色朱)였다.

추대를 받아 왕위에 올라서인지, 민중왕은 베푸는 정치를 했다. 즉위한 해인 44년(민중왕 1) 11월에 큰 규모의 사면을 시행한 것을 시작으로, 다음 해인 45년(민중왕 2) 3월에 신하들에게 잔치를 베풀었다. 5월에 나라 동쪽에 홍수가 나서 백성이 굶주리자 창고를 열어 진휼했다.

물론 민중왕의 정치에 반감을 품었던 집단이 있었던 것 같다. 47년(민중왕 4) 10월에는 "잠지락부(蠶支落部)의 대가(大家)·대승(戴升) 등 1만여 가(家)가 낙랑으로 가서 한나라에 투항했다"는 기록도 나타난다. 민중왕의 정치가 어느 쪽에 가까웠는지에 대해 가릴 만한 기록은 남아 있지 않다. 앞서 덕을 베푼 기록과 대승의 투항 기록을 제외하고 나면 다른 기록이 거의 없는 것이다. 단지 뭔가를 상징하는 듯한 기록만 눈에 띈다.

46년(민중왕 3) 7월에 왕은 동쪽으로 사냥을 나가 흰 노루를 잡았다. 11월에는 살별[星孛: 혜성]이 남쪽에 나타났다 20일 만에 없어졌다. 12월에는 서울에 눈이 내리지 않았다. 47년(민중왕 4) 9월에는 동해 사람 고주리(高朱利)가 고래를 바쳤는데 고래의 눈이 밤에 빛이 났다.

이 같은 에피소드가 남아 있을 뿐이다. 그런데 이 에피소드는 자체로 끝날 뿐 역사적인 사실과 연결되지 않는다.

마지막으로 민중왕의 죽음과 관련된 기록에서 심성을 볼 수 있는 내용이 나온다. 그는 47년(민중왕 4)에 민중원(閔中原)에서 사냥하다가 석굴을 보고는 "내가 죽으면 반드시 이곳에 장사 지낼 것이며, 절대로 새로 능묘(陵墓)를 짓지 말라"고 말했다. 다음 해에 왕이 죽자 왕후와 신하들이 유언을 어기지 못해 석굴에 장사 지내고 왕호를 민중왕이라 했다고 전한다.

그렇지만 이러한 기록 또한 "능묘를 짓느라 백성이 고생하는 것을 막으려는 의도였다"는 설명이 없어 의도를 명확히 알 수는 없다.

제5대, 모본왱

정치적인 부담을 진 채 왕위에 오르다

민중왕을 이어 왕위에 오른 사람이 대무신왕의 맏아들인 해우(또는 해애루解愛婁), 즉 제5대 왕 모본왕(慕本王)이다.

『삼국사기』에는 그를 "성격이 사납고 어질지 못해 국사에 힘쓰지 않았으며, 백성의 원망을 샀다"고 기록해놓았다. 간단한 서술이지만 고대사에서 이렇게까지 왕을 악평하는 경우는 많지 않다. 그만큼 기록을 남긴 쪽에서 마음먹고 모본왕을 깎아내렸다고 보아도 좋을 것이다.

이렇게 된 배경을 살펴보자. 『삼국사기』「고구려본기」의 기록에는 모본왕을 "대무신왕의 맏아들"로 기록해놓았다. 그런데 모본왕이 태어났을 때는 이미 대무신왕의 둘째 왕비 소생인 호동이 있었고, 호동이 낙랑을 병합하는 데 공을 세웠다는 기록이 있다. 모본왕을 대무신왕의 맏아들로 기록한 것은 호동을 대무신왕의 아들로 인정하지 않겠다는 의미가 된다. 여기에 정작 호동의 죽음 자체는 모본왕의 어머니인 첫째 왕비의 모략 때문으로 기록해놓았다. 뭔가 일관되지 못한 기록이다.

기록을 놓고 보면, 모본왕은 호동의 존재에 대해 일관되지 못한 태도를 보였다. 이 점은 의미심장하다. 일단 호동을 '존재한 사람'으로 여겼다는 점은 확인할 수 있다. 호동이 존재하지 않았다면 아예 기록이 없거나, 남겨놓더라도 비중이 거의 없는 주석으로 처리했을 것이다.

이처럼 모본왕의 앞뒤가 맞지 않는 듯한 태도에서 (공식적으로는 아들로 인정하지 않지만) 당시 호동에게 동정적인 여론이 있었던 것 같다. 이는 상대적으로 모본왕의 즉위를 곱지 않게 보는 시선이 존재했다는 뜻도 된다.

더욱이 모본왕은 아버지가 죽은 다음 곧바로 즉위하지 않았다. 나이가 너무 어려 숙부(민중왕)가 왕위를 이었고, 숙부가 일찍 죽은 덕분에 왕위에 오를 수 있었다. 이 과정에서 많은 파란을 겪었다고 짐작할 수 있다. 즉 모본왕은 왕위에 오르지 못할 위기를 겪었으며, 정치적인 부담을 짊어진 채 왕이 되었다고 볼 수 있다. 이런 사정이 그가 포악해진 원인이 되었을 것이다. 모본왕의 포악한 성격에 대해서는 구체적인 묘사도 남아 있다.

> 왕은 날로 포학해져 앉아 있을 때는 항상 사람을 깔고 앉았고, 누울 때는 사람을 베개 삼았다. 사람이 혹 움직이면 용서하지 않고 죽였다. 신하로서 간하는 자가 있으면 활로 그를 쏘았다.

이 기록이 어느 정도까지 사실인지 가늠하기는 어렵다. 하지만 상당히 포악한 왕으로 몰릴 만큼 곱지 않은 시선을 받았다는 점은 분명하다. 그래서인지 모본왕 치세에는 자연재해를 당한 기록이 많이 나타난다.

48년(모본왕 1) 8월에는 홍수가 나서 산이 20여 군데나 무너졌다. 49년(모본왕 2) 3월에는 폭풍으로 나무가 뽑혔으며, 4월에는 서리와 우박이 내렸다.

그런데 이와는 상반된 내용도 나타난다. 같은 해 8월, 왕은 "사신을 보내 나라 안의 굶주린 백성을 진휼했다"는 것이다. 어쩌다가 이런 구휼을 한 번 한 것인지, 아니면 기록을 남긴 쪽에서 이러한 선정에도 불구하고 모본왕을 폭군으로 기록한 것인지 그 진상을 알기는 어렵다.

폭정 때문인지 정치적인 암투 때문인지 몰라도 모본왕은 암살당했다. 시중을 들던 두로(杜魯)라는 자가 왕을 살해한 것이다. 두로는 왕이 시중드는 사람들을 함부로 죽이자 자기가 죽임을 당할까 염려하여 통곡했다. 그러자 누군가가 "대장부가 왜 우는가. 옛사람 말에 '나를 어루만지면 임금이요, 나를 학대하면 원수다'라고 했다. 임금이 포악한 짓을 해 사람을 죽이니, 이는 백성의 원수다. 그대가 임금을 처치하라"며 왕을 죽이라고 선동한 것이 결정적인 이유였다고 한다. 모본왕은 그렇게 두로에게 살해당했다.

이런 와중에도 모본왕은 후한에 대한 공략에 나섰다. 즉위한 다음 해인 49년(모본왕 2) 봄에 장수를 보내 후한의 북평(北平)·어양(漁陽)·상곡(上谷)·태원(太原)을 침공한 것이다. 물론 이 침공 이후 타협이 금방 이루어졌다. 기록에는 "요동 태수 제융(祭肜)이 은혜와 신뢰로 대우했으므로 다시 화친했다"고 되어 있다. 이는 모본왕 때에도 후한의 영향력을 배제하기 위해 노력했다는 점을 보여준다.

제6대, 태조왕

태조왕의 성품과 길흉에 대해 엇갈리는 기록

모본왕이 살해되고 나서 뒤를 이은 왕이 태조왕(또는 국조왕國祖王)이다.

태조왕이라는 왕명(王名)을 빌미로 이때가 되어서야 고구려가 세워졌다고 주장하는 학자도 있다. 왕명을 둘러싼 시비가 어찌 되었건, 태조왕은 모본왕의 친아들이 아니었다. 바로 유리왕의 아들인 고추가(古鄒加: 고구려의 5부 중 왕을 배출한 계루부의 대가大加) 재사(再思)의 아들이고, 이름은 궁(宮: 어렸을 때의 이름은 어수於漱)이다.

모본왕의 아들이 아닌 그가 왕으로 추대된 이유는 모본왕이 주위 사람에게 포악했기 때문이라 할 수 있다. 이 때문에 모본왕이 즉위하고 곧바로 태자로 삼았던 왕자 익(翊)까지 "불초(不肖)해 사직(社稷)을 주관하기에 부족했다"는 이유로 폐위되고, 모본왕이 죽자 왕으로 추대된 것이다.

그런데 태조왕의 탄생에 얽힌 재미있는 묘사가 있다. 그는 보통 사람과 달리 태어나면서부터 눈을 뜨고 볼 수 있었다고 한다. 이를 두고 『삼국사기』에는 그를 "어려서부터 남보다 뛰어났다"고 묘사했지만, 중국 정사에는 "태어나면서부터 눈을 뜨고 사람을 쳐다보니 나라 사람이 미워했다"고 써놓았다.

기록을 남기는 입장에 따라 같은 사실을 두고도 얼마나 다르게 써놓을 수 있는지를 보여주는 대표적인 사례다. 중국에서 태조왕을 좋지 않게 평가한 이유는, 그가 자주 중원 제국의 영토를 침범했기 때문이다.

즉위할 때 나이가 7세에 불과해 태후가 수렴청정(垂簾聽政)을 했음에도, 그가 즉위한 지 얼마 되지 않아 고구려는 전쟁을 준비하며 팽창하기 시작했다. 55년(태조왕 3) 2월, 요서에 10성을 쌓아 후한의 침입에 대비했다. 다음 해인 56년(태조왕 4) 7월에 동옥저(東沃沮)를 정벌하고 그 땅을 빼앗아 성읍으로 삼았다. 이때 개척한 영토가 동쪽으로는 창해(滄海),

남쪽으로는 살수에까지 이르렀다고 한다.

물론 이때 고구려 영토가 요서에까지 이르렀는지에 대해서는 논란이 있다. 그러나 후한 제국에 위협이 될 수 있을 만큼 팽창하기 시작했던 점은 분명한 듯하다. 이후에도 고구려가 세력을 계속 팽창했음을 보여주는 기록이 이어지기 때문이다. 재미있는 사실은 이렇게 고구려가 팽창을 시작하던 태조왕 초기, 상서로운 징조와 자연재해가 엇갈리며 나타났다는 점이다.

59년(태조왕 7) 4월에 왕이 고안연(孤岸淵)에서 붉은 날개가 달린 흰 물고기를 낚았는데, 7월에는 서울에 큰물(홍수)이 나서 집이 떠내려가고 물에 잠겼다. 62년(태조왕 10) 8월에는 동쪽으로 사냥을 나가 흰 사슴을 잡은 다음, 남쪽에 병충해가 발생해서 곡식을 해쳤다. 68년(태조왕 16) 8월에는 갈사국왕의 손자 도두(都頭)가 나라를 들어 항복해 그를 우태(于台)로 삼는 경사가 있은 후 10월에 천둥이 쳤다는 사실이 강조되었다. 72년(태조왕 20) 2월에는 관나부(貫那部) 패자(沛者) 달가(達賈)를 보내 조나(藻那)를 정벌하고 왕을 사로잡았는데, 4월에는 서울에 가뭄이 들었다.

이렇게 4년치 기록에는 같은 해에 상서로운 일과 불길한 징조가 엇갈리는 현상이 나타난다. 같은 해는 아니지만, 이후에도 비슷한 현상이 이어진다.

74년(태조왕 22) 10월에 왕은 환나부(桓那部) 패자 설유(薛儒)를 보내 주나(朱那)를 정벌하고, 왕자 을음(乙音)을 사로잡아 고추가로 삼았다. 77년(태조왕 25) 10월에는 부여 사신이 와서 뿔이 셋 달린 사슴과 꼬리가 긴 토끼를 바쳤다. 왕은 상서로운 물건으로 여기고 크게 사면했다. 그런데 11월에는 서울에 눈이 석 자나 내렸다.

중간에 오랜 기간 기록이 사라진 후인 98년(태조왕 46) 3월에는 동쪽 책성(柵城)의 서쪽 계산(罽山)에서 흰 사슴을 잡았다. 여기에서 여러 신하에 잔치를 베풀고 그곳 관리들에게 차등을 두어 물건을 내렸다. 바위에 공적을 새기고 돌아온 후인 102년(태조왕 50) 8월, 사신을 보내 책성 백성을 안심시키고 위로했을 정도로 이 지역에는 상당한 신경을 썼다.

105년(태조왕 53) 정월에는 부여의 사신이 와서 호랑이를 바쳤는데, 길이가 한 길 두 자나 되었고 털 색깔이 매우 밝았으나 꼬리가 없었다. 107년(태조왕 55) 9월에 왕은 질산(質山) 남쪽에서 사냥해 자주색 노루를 잡았고, 10월에는 동해곡(東海谷)의 관리가 붉은 표범을 바쳤는데 꼬리 길이가 아홉 자나 되었다. 그런데 이듬해 봄에 크게 가물었고, 여름이 되자 땅이 벌거숭이가 되어 백성이 굶주렸다. 이 때문에 왕은 사신을 보내 진휼해야 했다.

이렇게 상서로운 일과 재해가 엇갈리는 일이 연속해서 나오는 기록은 흔치 않다. 그렇지만 『삼국사기』 「고구려본기」의 태조왕과 관련된 기록에는 단순하게 사실만 기록되어 있을 뿐 구체적으로 무엇을 뜻하는지에 대해서 명확하게 남아 있는 내용은 없다.

후한 제국과 충돌

105년(태조왕 53) 정월, 왕은 장수를 보내 후한의 요동에 들어가 여섯 현을 약탈했다. 이때의 침공은 (요동) 태수 경기(耿夔)의 반격으로 패했고, 9월에는 경기가 반격해와 또 타격을 입었다.

이후 태조왕은 후한과 화친을 시도했다. 109년(태조왕 57) 정월에는 후한에 사신을 보내 당시 황제였던 안제(安帝)가 성인이 된 것을 축하했다. 111년(태조왕 59)에도 사신을 보내 토산물을 바치고 현도에 복속하기를 구했다. 그런데 중국 기록인 『통감(通鑑)』에는 같은 해 3월, 고구려가 복속하겠다고 한 것이 아니라 "예맥(濊貊)과 함께 현도를 쳤다"고 되어 있다.

『통감』에 나타난 기록을 뒷받침하는 정황이 이후 118년(태조왕 66) 6월 기록에 나온다. 복속했다는 내용에 맞지 않게, 태조왕은 예맥과 함께 후한의 현도를 치고 화려성(華麗城)을 공격한 것이다. 사실 이 시기에 후한 제국은 외척과 환관 세력이 커지면서 극심한 혼란에 빠졌다. 이 때문에 고구려의 분쟁 같은 변방 문제에 집중할 형편이 되지 못했다.

비슷한 시기인 114년(태조왕 62)과 116년(태조왕 64) 3월에 일식(日食)이 있었다. 116년(태조왕 64) 12월에는 눈이 다섯 자나 내렸다. 118년(태조왕 66) 2월에는 지진, 7월에는 누리(메뚜기 떼)와 우박이 곡식을 해치는 불길한 일들이 있었다. 그래서 태조는 114년(태조왕 62) 8월에 남해를 돌아보았으며, 118년(태조왕 66) 8월에도 담당 관청에 명해 어질고 착한 사람과 효성이 있어 부모에게 순종하는 사람을 천거하게 해 홀아비 · 과부 · 고아 · 자식 없는 자 · 늙어서 스스로 살 수 없는 자들을 위문하고 옷과 음식을 주는 조치를 취했다.

이처럼 소소한 사건이 있은 후 121년(태조왕 69) 봄, 태조왕은 후한과 대규모 충돌을 벌였다. 이는 후한의 선제공격으로 시작되었다. 유주(幽州) 자사(刺史) 풍환(馮煥), 현도 태수 요광(姚光), 요동 태수 채풍(蔡諷) 등이 군사를 거느리고 침략해와서 예맥의 우두머리를 죽이고 병마와 재물을 모두 빼앗아간 것이다.

그러자 태조왕은 동생 수성(遂成)에게 군사 2,000여 명을 주어 반격을 시도했다. 수성은 거짓으로 항복하고 험한 곳에 자리 잡아 시간을 끌었다. 따로 병력을 보내, 몰래 현도 · 요동 두 군을 공격기 위해서였다. 기습을 성공시킨 수성은 성곽을 불사르고 2,000여 명의 사상자를 내는 전과를 올렸다. 4월에는 왕이 선비족(鮮卑族) 8,000명을 거느리고 요수현(遼隊縣)을 쳤다. 요동 태수 채풍이 신창(新昌)으로 나와 맞서 싸웠으나, 100여 명의 전사자를 내고 자신도 죽었다.

후한과 치른 전투에서 전과를 거둔 뒤인 10월, 태조왕은 부여로 행차했다. 이때 태후 묘(廟)에 제사 지내고 백성을 위문해주었다. 숙신(息愼: 또는 식신息愼)의 사신도 와서 자주색 여우 갖옷과 흰 매, 흰 말을 바쳤다고 한다. 이런 내용을 보면 태조왕은 부여와 숙신 · 선비족 등을 장악하고 있었던 듯하다.

11월에 태조왕은 수성에게 부여의 군무와 정사를 맡겼다. 그리고 12월, 마한(馬韓)과 예맥의 1만여 기병을 거느리고 현도성을 포위했다. 그런데 이 장면에서 앞뒤가 맞지 않는 듯한 내용이 나온다. 이때는 마한이 이미 백제에 멸망당한 시기다. 따라서 마한의 기병이 고구려 편에 서서 현도성 공략에 참여하고 있었겠느냐는 의문이 제기된다. 『삼국사기』 편찬자는 "마한은 9년에 멸망했다. 지금 고구려 왕과 함께 군사를 보낸 일은 멸망한 후 다시 홍한 것인가?"라고 의문을 표해놓았다.

또한 불과 두 달 전인 10월에 태조왕이 친히 부여까지 와서 백성을 위문했는데도 부여는 후한에 가담해 고구려군을 공격했다. 이때 "부여왕이 아들 위구태(尉仇台)를 보내 군사 2만 명을 거느리고 와서 후한군과 힘을 합쳐 싸웠으므로 우리 군대가 크게 패했다"고 기록되어 있다.

다음 해인 122년(태조왕 70)에도 같은 기록이 나온다. "왕은 마한 · 예맥과 함께 요동을 쳤다. 부여왕이 군사를 보내 요동을 구하고 우리를 깨뜨렸다"는 것이다. 이 내용은 전년에 있었던 전쟁의 양상과 완전히 같다. 이 때문에 기록에 문제가 있지 않았는가 하는 의구심이 생긴다.

이 전쟁을 치른 다음 해인 123년(태조왕 71) 10월에 패자 목도루(穆度婁)를 좌보로 삼고, 고복장(高福章)을 우보로 삼는 일종의 정계 개편이 있었다. 이들에게 "수성과 함께 정사에 참여하게 했다"고 한 점으로 보아 수성이 이끄는 조정을 보완해주는 의미가 있었던 듯하다.

다음 해인 124년(태조왕 72) 9월에는 그믐에 일식이 일어나고, 11월에 서울에 지진이 일어나는 사소한 사건이 있었다. 이사이인 10월에 사신을 한나라에 보내 조공했다. 이로 보아 후한과 관계가 일시적으로 개선된 듯하다.

이렇게 고구려는 태조왕 때 후한 제국과 충돌·화친을 되풀이하고 있었다. 이러한 기조는 고국천왕(故國川王) 때까지 이어진다. 그런데 이렇게 충돌과 화친을 되풀이하는 와중에

한 가지 특징이 있다. 고구려가 후한에 형식적인 복속이나 화친을 지속한 기간은 대부분 얼마 되지 못했다. 반면, 복속이나 화친이 깨지며 분쟁을 빚은 기간은 상당히 길었다. 이는 고구려와 후한의 관계가 그다지 좋지 않았다는 뜻이고, 중국 기록에 태조왕의 성품이 포악하다고 묘사한 것과도 깊은 관련이 있다는 얘기가 된다.

태조왕의 동생, 수성의 부각

태조왕도 말년에는 동생 수성에게 왕위를 물려주는 문제를 두고 많은 고민을 해야 했다. 문제는 수성이 야심가라는 사실이었다.

그의 야심이 드러나기 시작한 때는 132년(태조왕 80) 7월부터다. 이때 수성은 수도 국내성 근처의 왜산(倭山)에서 사냥을 즐긴 후에 주위 사람과 함께 잔치를 열었다. 이 자리에서 관나(貫那) 우태 미유(彌儒), 환나(桓那) 우태 어지류(菸支留), 비류나(沸流那) 조의(皂衣) 양신(陽神) 등이 은밀히 수성의 의중을 떠보았다. "모본왕이 죽었을 때 태자가 아닌 아우에게 잇도록 하는 관례가 있었는데, 지금 왕이 이미 늙었는데도 양보할 뜻이 없으니 헤아려보는 것이 좋겠다"는 취지였다.

수성은 일단 "맏아들이 왕위를 잇는 것이 천하의 떳떳한 도리다. 왕이 지금 비록 늙었으나 적자가 있으니 어찌 감히 엿보겠는가?"라고 사양하는 태도를 보였다. 하지만 미유가 "아우가 어질면 형의 뒤를 잇는 관례가 있었다"는 사실을 강조했다. 이 과정을 알게 된 좌보 패자 목도루는 수성의 야심을 눈치채고 병을 핑계로 관직에서 물러났다. 그렇지만 목도루의 사임이 고구려 정계에 별다른 영향을 주지는 못했다.

수성의 야심은 138년(태조왕 86) 3월에 심각하게 드러났다. 수성은 질양(質陽)과 기구(箕丘) 등에서 며칠씩 사냥하며 놀았다. 그러자 아우 백고(伯固)가 "왕의 동생으로서 공로도 크고, 관리를 통솔하는 위치에 있는 사람이 삼가지 않고 노는 데 탐닉하니 걱정된다"고 충고했다.

그러자 수성은 "사람이 부귀를 얻으면 환락을 즐기려고 하는 게 당연한데, 얻을 수 있는 사람이 극히 적을 뿐이다. 나는 그럴 형편에 있는 처지인데도 마음대로 할 수 없다면 무슨 소용이 있겠는가?"라고 응수했다. 자기가 원하면 비난받을 짓이라도 하는 성격이라는 점을 보여주는 일화다.

142년(태조왕 90) 9월, 환도(丸都)에 지진이 일어나면서 왕의 꿈에 불길한 징조가 나타났다. 꿈에서 표범이 호랑이 꼬리를 물어 잘랐던 것이다. 꿈의 뜻을 물으니 "왕족 중에서 대왕의 후손을 끊으려고 음모하는 자가 있는 것 같다"는 해몽이 나왔다. 태조왕이 우보 고복장에게 어찌하면 좋겠는지를 묻자 고복장은 "길(吉)·흉(凶)은 착한 일을 하느냐 마느냐에 따라 바뀌는데 대왕께서 덕으로 다스리니 작은 문제가 있더라도 무슨 걱정이 있겠습니까?'라며 진정시켰다.

그렇지만 이후의 사태는 고복장의 말대로 풀리지 않았다. 146년(태조왕 94) 7월에 수성은 왜산 밑에서 사냥하다가 신하들에게 본심을 드러냈다. "대왕이 늙도록 죽지 않고 나도 나이를 먹어가니 더는 기다릴 수 없다. 대책을 내라"고 말한 것이다.

그런데 모두가 "명을 좇겠다"고 할 때, 한 사람이 "주위 사람들이 아첨한다"며 직언을 하고 싶다고 홀로 나섰다. 그러면서 "지금 태조왕께서 어질어서 다른 마음을 가진 사람이 없는데, 아첨하는 사람들을 거느리고 어진 임금을 폐하려 모의한다면 장차 화가 미칠 것"이라고 했다. 수성은 좋아하지 않았고, 주위에서도 비밀이 누설될 수 있으니 죽여 입을 막아야 한다며 종용했다. 그러자 수성은 그들의 말대로 소신껏 간언한 사람을 죽였다.

같은 해 8월에 태조왕은 장수를 보내 요동의 서안평현(西安平縣)을 쳐서, 대방령(帶方令)을 죽이고 낙랑 태수의 처자를 사로잡았다. 후한과의 싸움에서 어느 정도 성과를 거둔 셈이지만, 이 일이 수성의 야심에 별다른 영향을 주지 못했다.

그의 야심은 이제 숨길 수 없는 지경에 이르렀다. 같은 해 10월, 4년 전 태조왕이 꿈에 대해 의논했을 때 걱정할 것 없다고 왕을 진정시켰던 고복장은 왕에게 "수성이 반란을 일으킬 터이니 먼저 죽이시라"고 주청했다.

그런데 이번에는 태조왕이 동생과의 갈등을 피했다. 태조왕은 "나는 이미 늙었다. 수성이 공이 있으므로 왕위를 물려줄 생각이 걱정하지 말라"고 한 것이다. 고복장이 "수성은 잔인하고 어질지 못해 대왕의 선양을 받으면 대왕의 자손을 해칠 것"이라며 말렸지만, 태조왕은 받아들이지 않았다. 12월, 태조왕은 수성에게 자신의 뜻을 전했다. "나는 이미 늙어 정사에 싫증이 났다. 하늘의 운수도, 국정과 군사(軍事)를 맡아 사직을 보존한 공도 네게 있으니 왕위에 오르라" 하고는 별궁으로 물러났다.

그런데 중국 기록인 『후한서』에는 "안제 건광(建光) 원년(121)에 고구려 왕 궁이 죽어 아들인 수성이 왕위에 올랐다"고 기록되어 있다. 당시 후한에서는 "고구려가 상(喪) 당한 틈에 공격하자"는 의견이 있었다. 이때 상서(尙書) 진충(陳忠)이 "교활하게 굴 때는 토벌하지 못하다가 죽은 다음에 공격하는 것은 의가 아니다"라며, "사람을 보내 조문하고 이전의 죄를 책망하되 용서해 죽이지 말고 좋은 방향으로 해결하자"는 의견을 냈다. 안제가 그 말을 따랐더니, 다음 해에 수성은 한나라의 포로를 돌려보냈다고 한다. 이는 수성이 태조왕에게 선양을 받았다는 『삼국사기』「고구려본기」의 내용과 차이가 있다.

제7대, 차대왕

보복정치를 실행하다

태조왕의 양위를 받아 76세의 나이로 즉위한 수성이 고구려 제7대 왕인 차대왕(次大王)이다. 그는 용감하고 위엄이 있었으나 인자하지 못했다는 평가를 받는다.

즉위한 바로 다음 해인 147년(차대왕 2) 이러한 평가와 직결되는 사건이 있었다. 같은 해 2월, 관나 패자 미유를 좌보로 삼고, 다음 달인 3월에 우보 고복장을 죽인 것이다. 양위를 받기 직전, 태조왕에게 수성을 처형해야 한다고 했던 장본인에 대한 보복인 셈이다. 고복장은 죽기 직전에 "선왕의 가까운 신하로서 반란을 일으키려는 역적[賊亂之人]을 보고도 말하지 않을 수 없었다. 그뿐인데 이제 막 왕위에 올라 백성을 잘 다스리고 교화해야 할 사람이 역모를 알린 충신을 죽이니 원통하다. 도(道)가 없는 세상에 사느니 빨리 죽는 편이 낫겠다"고 탄식했다 한다.

고복장이 처형당하고 난 후 많은 사람이 애석해했다. 이후 고구려 정계에는 변화가 일어났다. 7월에 목도루가 병을 칭하고 은퇴했다. 태조왕 때 좌보로 있다가 물러났었는데, 이때 다시 은퇴했다는 기록이 나오는 것을 보면 복귀했던 듯하다. 물론 차대왕의 어질지 못한 성품을 강조하기 위해 태조왕 때 기록이 삽입되었을 가능성도 완전히 배제할 수는 없다.

어쨌든 차대왕은 이를 기회로 환나 우태 어지류를 좌보로 임명하고, 작위를 더해 대주부(大主簿)로 삼았다. 10월에는 비류나 양신을 중외대부(中畏大夫)로 임명하고 작위를 더해 우태로 삼았다. 이들은 모두 왕의 오랜 친구였다. 11월에는 지진이 일어났다.

148년(차대왕 3) 4월, 차대왕은 사람을 시켜 태조왕의 맏아들 막근(莫勤)을 죽였다. 그러자 막근의 아우 막덕(莫德)은 스스로 목을 맸다. 자신에게 왕위를 양보한 형의 아들들을 제거해버린 것이다.

몇 달 후인 7월, 상징적인 사건이 발생했다. 왕이 평유원(平儒原)에서 사냥하는데, 흰 여우가 따라오며 울어서 왕이 활을 쏘았으나 빗나갔다. 이 일에 대해 무당에게 물었더니 무당이 이렇게 답했다.

"하늘이 경고하려고 상서롭지 않은 조짐을 보여주는 것이니, 임금께서 수양하고 덕을 닦아야 화를 바꾸어 복을 만들 수 있다." 이를 들은 차대왕은 이랬다 저랬다 말을 바꾼다는 이유로 무당을 죽여버렸다.

149년(차대왕 4) 4월에 일식이 일어났고, 5월에는 다섯 별이 동쪽에 모이는 일이 일어났다. 그러나 앞서 무당이 죽은 사건을 겪은 일자(日者: 천문 관측을 맡은 관리)가 "이것은 임금의 덕이요 나라의 복입니다"라고 하자 차대왕은 좋아했다. 이에 대한 하늘의 경고를 표현하고 싶었는지, 그해 겨울에 얼음이 얼지 않고 여름에 서리가 내리며, 천둥·지진에 객성(客星)이 달을 범하고, 혜성 출현, 일식 등 불길한 일이 이어졌다는 기록이 나타난다.

불길한 징조는 결국 정변으로 이어졌다. 165년(차대왕 20) 3월에 태조왕이 119세의 나이로 별궁에서 죽자, 10월에 연나(椽那) 조의 명림답부(明臨荅夫)가 백성이 고통받는다는 이유로 왕을 죽이는 사태가 벌어졌던 것이다.

제8대, 신대왕

경쟁자를 포섭하고 후대하다

차대왕이 살해당한 후 왕으로 추대된 이가 고구려 제8대 왕 신대왕(新大王)이다. 태조왕의 막냇동생으로 이름은 백고(또는 백구伯句)이고, 빼어난 용모와 자태에 성품도 "인자하고 너그러웠다"는 평가를 받았다. 차대왕 즉위 후 위협을 느껴 산골로 피신했다가, 차대왕이 피살되자 좌보 어지류 등이 그를 왕으로 추대했다.

어지류가 국새(國璽)를 바치며 추대하는 자리에서 그는 엎드려 세 번을 사양한 후에 즉위했다. 사실 이렇게 사양한 후 즉위하는 형태는 중국에서부터 관례로 굳어져온 것이다. 이때 그의 나이 77세였다.

신대왕은 즉위한 다음 해에 차대왕과는 다른 정치를 할 것이라고 천명했다. 그는 "태조왕이 형제의 우애로 아우에게 왕위를 물려주었으나 대업을 어지럽혔기 때문에 차대왕의 아들이 뒤를 잇지 못했다"며, 이를 바로잡기 위해 추대된 자신이 즉위할 수밖에 없었음을 완곡히 밝히고 사면령을 내렸다.

그러자 차대왕의 태자 추안(鄒安)이 사면령을 듣고 왕궁으로 찾아왔다. 신대왕은 추안에게 구산뢰(狗山瀨)와 누두곡(婁豆谷) 두 곳을 주고 양국군(讓國君)으로 봉했다. 차대왕이 형인 태조왕의 아들들을 제거한 것과 다른 정치를 하겠다는 점을 공표한 셈이다.

그리고 차대왕을 살해하는 데 핵심 역할을 했던 명림답부를 국상(國相)으로 임명하고 작위를 더해 패자로 삼았다. 그런데 이는 고구려 관직 체계를 개편하겠다는 의미였다. 이전까지 비슷한 지위에서 왕을 보좌하던 좌·우보 체제를 없애고 한 사람에게 권한을 몰아주는 국상 체제가 시작된 것이다. 『삼국사기』에는 "중앙과 지방의 군사[內外兵馬]를 담당하고 아울러 양맥 부락을 거느리게 했다"고 되어 있다.

자신이 주도하지 못한 정변이 일어난 후 정변을 일으킨

측에서 추대한 왕이 실권을 갖지 못하는 예는 흔하다. 이 경우 실권은 정변을 일으킨 핵심 인물에게 몰아주기 십상이다. 신대왕도 그러한 사례였던 것 같다.

즉위 초기의 정변으로 인해 생긴 혼란을 수습할 때 즈음인 168년(신대왕 4), 고구려는 한나라 현도 태수 경림(耿臨)의 침략을 받았다. 이때 고구려 병사의 희생이 커지자 신대왕은 "항복해 현도에 복속되기를 빌었다"고 한다. 그리고 다음 해, 대가 우거(優居), 주부 연인(然人) 등에게 군사를 주어 보내, 현도 태수 공손도(公孫度)의 부산적(富山賊) 토벌을 도왔다.

이렇게 한때 고구려가 현도 태수의 통제를 받은 것 같지만, 이런 상황은 오래가지 않았다. 172년(신대왕 8년) 11월, 후한이 대군을 거느리고 침공해 온 것이다. 신대왕이 이에 대한 대책을 묻자 많은 사람이 "맞아 싸우지 않으면 얕보일 것이다. 우리나라는 지형이 험하니 이를 이용해서 싸우면 이길 수 있다"며 반격을 주장했다. 그러나 명림답부는 "전력이 모자라는 것은 사실이니, 먼저 성에서 방어하며 군량이 떨어져 지치기를 기다려 반격하자"고 했다.

신대왕은 명림답부의 전략을 채택했고, 결국 후한의 군대를 물리쳤다. 신대왕은 승리를 가져온 전략을 제시한 명림답부에게 좌원과 질산을 식읍으로 주었다.

후한의 침공을 물리친 이후인 176년(신대왕 12) 정월, 여러 신하가 태자 세우기를 청했다. 신대왕은 이를 받아들여 3월에 왕자 남무(男武)를 태자로 삼았다.

179년(신대왕 15) 9월, 정변의 주체이자 실세였던 국상 명림답부가 113세의 나이로 죽었다. 그러자 신대왕은 7일 동안 정사를 보지 않았을 정도로 애통해했다고 한다. 실세에 대한 장례답게 수묘(守墓)를 맡은 가구를 스무 가구나 배치할 정도로 성대하게 지내주었다. 그런데 신대왕도 그해 12월에 죽었다.

제9대, 고국천왕

차남이 왕의 대를 잇다

태자 남무(또는 이이모伊夷謨)가 신대왕의 뒤를 이어 즉위하니, 그가 고구려 제9대 왕인 고국천왕(故國川王: 또는 국양왕國壤王)이다.

그는 키가 아홉 척에 이를 정도로 자태에 위엄이 있었으며 힘도 셌다. 그러면서도 남의 말에 귀를 기울이는 관대함을 보이면서 결단력이 있어 "중용을 지킨다"는 평을 받았다.

그러한 고국천왕이 태자로 책봉되었다가 뒤를 이으니 얼핏 무난한 승계인 것 같지만, 약간의 파란이 있었다고 한다.

바로 그가 둘째 아들이라는 점이 문제의 발단이었다. 신대왕에게 맏아들 발기(拔奇)가 있었는데도 둘째 아들을 태자로 책봉한 것이다.

이렇게 된 이유는 고국천왕의 형인 "발기가 불초했기 때문"이라고 기록되어 있다. 사실 이 서술에는 약간의 혼선이 보인다.

『삼국사기』에는 "백고가 죽자, 나라 사람들은 맏아들 발기가 불초했으므로 함께 이이모를 세워 왕으로 삼았다"고 되어 있다. 176년(신대왕 12)에 남무가 태자로 책봉되었다는 기록과 맞지 않는 내용이 수록된 것이다.

어쨌든 불만을 품은 발기는 소노가(消奴加)와 함께 각각 하호(下戶: 백성) 3만여 명을 거느린 채 공손강(公孫康)에게 투항해버렸다. 그리고 공손 씨 세력을 등에 업고 비류수 근처에 자리 잡았다. 그래도 고국천왕은 즉위한 다음 해인 180년(고국천왕 2) 2월에 제나부(提那部) 우소(于素)의 딸 우 씨를 왕후로 맞이하고, 9월에는 졸본으로 가서 시조 묘에 제사를 지냈다. 발기의 태도와 상관없이 자신의 정통성을 과시한 셈이다.

182년(고국천왕 4)에는 불길한 징조들이 나타났다. 3월 밤에 붉은 기운이 뱀처럼 태미(太微: 별자리 이름. 북극을 중심으로 천체를 자미원紫微垣 · 태미원太微垣 · 천시원天市垣으로 나누었으며,

그 안에 다시 작은 별자리를 두었음)에 나타났고, 7월에는 살별이 태미를 지나갔다. 이는 2년 후인 184년(고국천왕 6) 후한 요동 태수의 침공 징조로 해석해 강조한 것 같다. 고국천왕은 왕자 계수(罽須)를 보냈으나 이기지 못하자, 친히 기병을 거느리고 나섰다. 그러고는 후한군을 좌원에서 맞아 싸웠다. 이 전투에 이겨 "벤 머리가 산처럼 쌓였다"고 한다.

후한군을 격퇴한 이후인 186년(고국천왕 8) 4월에는 형혹(熒惑: 고대 화성의 명칭)이 심성(心星: 전갈자리의 안타레스를 중심으로 하는 별들)을 지킨다든가, 5월에는 일식, 190년(고국천왕 12) 9월에는 수도에 눈이 여섯 자나 내리는 불길한 징조가 있었다. 이는 191년(고국천왕 13)에 일어났던 정변의 징조로 생각한 것 같다.

발단은 외척들의 횡포에서 시작되었다. 왕후의 친척인 중외대부 패자 어비류(於畀留), 평자(評者) 좌가려(左可慮) 등이 왕후를 배경으로 권력을 누리자, 그 자제들까지 교만해져 사치를 즐기며 남의 재산을 빼앗는 짓을 했다. 이로 인해 원성이 높아지자 고국천왕은 이들을 죽이려 했고, 좌가려 등은 네 연나와 함께 반란을 일으켰다.

191년(고국천왕 13) 4월에 좌가려 등이 왕도를 공격했지만, 왕은 기내(畿內)의 군사를 동원해 평정해버렸다. 고국천왕은 이러한 사태가 일어난 원인을 "총애하는 자에게 덕이 없어도 벼슬을 준 일 때문"이라 보았다. 그래서 어질고 착한 사람을 천거하라고 4부(部)에 명(命)을 내리자, 입을 모아 동부(東部)의 안류(晏留)를 천거했다.

왕이 안류를 등용하려 하자, 안류는 서압록곡(西鴨淥谷) 좌물촌(左勿村)의 을파소(乙巴素)를 추천했다. 왕이 을파소를 불러 중외대부로 임명하고 작위를 더해 우태로 삼아 국정을 맡기려 했다. 그러나 을파소는 "신의 둔하고 느려 엄명(嚴命)을 감당할 수 없습니다. 대왕께서는 어질고 착한 사람을 뽑아 높은 관직을 주어서 대업을 이루십시오"라고 대답했다. 『삼국사기』에는 이렇게 말한 의도가 중외대부 정도의 관직으로는 을파소가 자신의 뜻을 펴지 못할 것으로 생각했기 때문이라고 기록되어 있다. 이에 왕이 눈치채고는 그를 국상으로 임명하고 정사를 맡겼다.

을파소는 좌가려 등의 반란 사건 같은 일이 일어나게 된 이유가 당시 고구려 기득권층의 횡포에 있다고 파악한 것 같다. 그가 국상으로 임명된 후 "조정의 신하와 왕실의 친척들이 '새로 등용된 을파소가 구신(舊臣)들을 이간한다'고 하며 미워했다"는 구절이 나온다. 그만큼 왕족과 귀족으로 구성된 기득권층이 을파소의 등용을 달갑지 않게 생각하고 있었다는 뜻이다. 그래서 국상 같은 최고의 지위가 아니면 뜻을 펼 수 없다고 생각했을 것이다.

이러한 기득권층의 움직임에 맞서 고국천왕은 을파소에게 힘을 실어주었다. "귀천을 막론하고 국상을 따르지 않는 자는 멸족시키겠다"는 내용의 「교서」를 발표한 것이다. 을파소도 왕의 성의에 감복해 정성껏 국사를 돌보아 곧 정국이 안정되었다.

을파소를 등용한 후 빠르게 나라가 안정되자, 고국천왕은 안류에게 감사를 표시했다. "만약 그대의 말이 없었다면 나는 을파소를 얻어 함께 다스리지 못했을 것이다. 지금 많은 성과를 거둔 것은 그대의 공이다"라며 그를 대사자(大使者)로 삼았다는 것이다. 이 부분에서 고국천왕은 『삼국사기』 편찬자들에게 "선왕의 법을 얻었다"는 칭송을 받았다.

을파소가 활약했지만 백성의 가난이 완전히 해결되지는 않았다. 194년(고국천왕 16) 7월, 서리가 내려 흉년이 들고 백성이 굶주리자 창고를 열어 진휼했다. 10월에는 질양으로 사냥을 나갔다가 길에서 앉아 우는 자에게 "가난하고 궁해서 항상 품을 팔아 어머니를 봉양했는데, 올해 흉년이 들어 품 팔 데가 없어, 한 되 한 말의 곡식도 얻을 수 없다"는 사연을 듣고 후속조치를 취했다. 당사자에게 옷과 음식을 주어 위로했지만, 그런 차원에서 끝내지 않고 구조적인 해결을 도모한 것이다.

고국천왕은 전국의 담당 관청에 홀아비, 과부, 고아, 자식 없는 늙은이 등 늙고 병들어 살기 어려운 백성을 널리 찾아 구휼하도록 명을 내렸다. 그리고 뒤이어 이런 고전적인 방법보다 더 주목을 받은 조치를 취했다.

매년 봄 3월부터 가을 7월에 이를 때까지, 백성의 가구에 비례해 관가의 곡식을 빌려주고는 겨울로 접어드는 10월에 갚게 하는 제도를 시행한 것이다. 이른바 '진대법(賑貸法)'이다. 이는 가난에 시달리는 백성이 빚을 지다가 노비로 전락하는 사태를 막는 제도의 시초로 여겨진다. 두말할 필요 없이 이 제도는 백성에게 큰 환영을 받았다.

이렇게 고구려는 안정됐지만, 중원에서는 큰 난리가 일어났다. 184년(고국천왕 6) 중원에서는 농민 36만여 명이 한꺼번에 반란에 가담하는 이른바 '황건적(黃巾賊)의 난'이 일어났다. 그리고 반란이 진압된 후에도 지방마다 독자적인 군대를 가진 세력이 할거해 혼란이 가라앉지 않았다.

나라가 혼란스러워 살기 어려워지면 백성이 떠나게 마련이다. 그 여파로 197년(고국천왕 19)에는 후한의 사람들이 난리를 피해 투항해 오는 자가 많아졌다. 이렇게 고구려의 국력이 빛을 발했지만, 고국천왕은 5월에 죽었다.

제10대, 산상왕

고국천왕의 왕후 우 씨, 산상왕 즉위에 힘쓰다

고국천왕에게는 아들이 없었기 때문에, 동생인 연우(延優)가 왕위를 이었다. 그가 고구려 제10대 왕인 산상왕(山上王)이다).

산상왕에게는 위궁(位宮)이라는 별명이 있었다. 중국 위(魏)나라의 역사서인 『위서(魏書)』에는 "산상왕이 태어나면서부터 눈을 뜨고 볼 수 있었고, 이는 증조할아버지인 태조왕을 닮았다"는 언급이 나온다. "고구려에서 서로 비슷한 것을 불러 위(位)라 하므로 태조왕과 닮았다는 뜻에서 이름을 위궁이라고 했다"는 것이다. 그런데 『위서』에서 말하는 위궁은 산상왕의 다음 대인 동천왕을 뜻한다.

산상왕의 즉위에는 고국천왕의 왕후 우 씨가 큰 역할을 했다. 우 씨는 먼저 산산왕의 형인 고국천왕의 또 다른 아우 발기를 찾아갔다. 그러나 발기는 형이 죽은 것을 알지 못하고 "하늘의 운수는 돌아가는 데가 있으므로 가볍게 논할 수 없다. 하물며 부인이 밤에 다니는 것을 어떻게 예(禮)라 할 수 있겠는가?"라며 우 씨에게 망신을 주었다.

그러자 우 씨는 곧바로 연우를 찾아갔다. 연우는 발기와 달리 우 씨를 따뜻하게 맞아들였다. 우 씨는 "발기에게 먼저 갔으나 그가 자신에게 딴마음이 있다고 하면서 무례하게 굴기에 찾아왔다"고 밝히고 "궁까지 전송해달라"는 부탁까지 했다.

이렇게 연우와 같이 궁으로 들어온 우 씨는 다음 날 새벽, 선왕의 명령이라며 연우를 왕으로 세웠다. 이렇듯 다음 왕을 정하는 데 결정적인 역할을 하는 점으로 보아 우 씨 일가의 세력이 만만치 않았던 것 같다.

뒤늦게 사태를 파악한 발기가 군사를 동원해서 왕궁을 둘러싸고 왕위를 내놓으라고 했으나 연우는 대응하지 않았다. 그런데 발기는 고구려 사람들의 지지를 받지 못한 것 같다. 따르는 자가 없자, 발기는 처자와 함께 요동으로 도망가 태수 공손도에게 투항했다.

그는 여기서 그치지 않고 공손도에게 사정을 말하고 3만의 군대를 빌려 정권 탈취에 나섰다. 산상왕은 고국천왕 시절 후한과 전투한 경험이 있는 동생 계수에게 침공을 막게 했다. 계수는 후한의 군대를 물리쳤고, 패잔병을 추격해 발기까지 사로잡았다.

사로잡힌 발기는 계수에게 "네가 지금 늙은 형을 차마 해칠 수 있느냐?"고 사정했다. 계수는 차마 발기를 해치지 못했지만 따끔한 말을 던졌다.

"연우가 나라를 양보하지 않은 것도 의로운 일은 아니다. 하지만 당신은 분을 못 참아 조상이 세운 나라를 멸망시키려들었으니 죽은 후 무슨 면목으로 조상들을 볼 것인가?"

발기는 그 말을 듣고 부끄러움을 이기지 못해 자살했다고 한다.

계수는 슬퍼하며 그의 시체를 거두어 짚으로 가매장하고 돌아왔다. 산상왕은 개선한 계수에게 잔치를 베풀어주며 물었다.

"다른 나라에 군사를 청해 우리나라를 침범한 발기의 죄가 무겁다. 발기를 죽이지 않고 놓아준 것까지는 이해가 된다. 하지만 그의 자살에 그렇게 슬퍼하는 걸 보니 내게 문제가 있다는 것인가?"

그러자 계수는 죽기를 각오하고 "왕후가 비록 선왕의 뜻으로 대왕을 세웠더라도, 예로써 사양하지 않은 문제가 있다. 나는 대왕의 덕을 보이기 위해 시체를 거두어두었다. 이렇게 인자함을 보이면 누가 대왕에게 의가 없다 하겠는가?"라고 대답했다. 대답을 들은 왕은 "내가 불초해 의혹이 없지 않았는데, 그 말을 들으니 잘못을 알겠다"고 답했다. 그러고는 9월에 담당 관청에 발기의 관을 모셔와 왕의 예로써 배령(裴嶺)에 장사 지냈다.

산상왕은 자신을 왕위에 올려준 공을 고려해서 다시 장가들지 않고 우 씨를 왕후로 삼았다. 왕위에 올려준 공을 고려했겠지만, 우 씨 일가의 세력을 이용하지 않을 수 없었다는 점도 중요한 이유가 되었을 것이다.

즉위한 다음 해인 198년(산상왕 2) 2월에 환도성(丸都城)을 쌓고 4월에는 교수형이나 참수할 죄가 아닌 죄수들을 사면해 인심을 얻었다.

203년(산상왕 7) 3월, 왕은 아들이 생기지 않아 산천에 기도했다. 이달 15일 밤에 꿈에서 하늘이 왕에게 "내가 너의 소후(少后)로 아들을 낳게 할 것이니 염려하지 말라"고 했다. 꿈에서 깬 왕은 신하들에게 "꿈에 하늘이 나에게 이처럼 간곡하게 말했는데 소후가 없으니 어떻게 하겠느냐?"고 물었다.

이때까지 국상으로 있던 을파소가 "하늘의 명령은 헤아

릴 수 없으니 왕께서는 기다리십시오"라고 대답했다. 그런데 이 말을 한 을파소가 8월에 죽었다. 그의 죽음에 나라 사람들이 통곡했다고 한다. 을파소가 국상으로 있으면서 시행한 개혁 정책이 백성에게 인심을 얻었음을 시사한다. 산상왕은 국상의 자리에 고우루(高優婁)를 앉혔다.

그런데 소후에게서 아들을 얻게 될 것이라는 예언은 208년(산상왕 12) 11월에 실현되었다. 교제(郊祭: 또는 교사郊祀. 중국 초기부터 나타난 제사 형태로 황제가 수도의 교외에서 지내는 제사)에 쓸 돼지가 달아나자 담당자가 주통촌(酒桶村)까지 쫓아갔지만 잡지 못했다.

이때 20세쯤 되는 아름답고 요염한 한 여자가 웃으면서 잡아준 덕분에 담당자가 돼지를 얻을 수 있었다. 이 말을 들은 산상왕은 이상하게 여겨 그 여자를 찾아갔다가 관계를 맺었다. 여자는 "아들을 낳으면 버리지 말아달라" 부탁했고, 왕은 이를 허락하고 궁으로 돌아왔다.

그렇지만 209년(산상왕 13) 3월에 왕후는 왕이 주통촌 여자와 관계를 가졌다는 사실을 눈치챘다. 그녀는 몰래 군사를 보내 주통촌 여자를 죽이려고 했다. 이를 안 주통촌 여자는 남자 옷을 입고 도주했지만, 곧 추격해온 군사들에게 잡혔다. 여자는 군사들에게 "나는 몰라도 왕자까지도 죽일 수 있겠느냐?"고 경고했다. 군사들이 감히 해치지 못하고 돌아와서 여자의 말을 왕후에게 전했다. 그래도 왕후는 기필코 죽이려고 했으나 뜻을 이루지 못했다.

결국 주통촌 여자는 아이를 낳았다. 왕은 사내아이가 태어나자 자신의 아들임을 확인했다. 그리고 '교제에 쓸 돼지의 일에서 시작되었다'는 뜻에서 이름을 교체(郊彘)라 하고, 그 어미를 소후로 세웠다.

그런데 소후가 된 여자에게도 탄생에 관한 설화가 남아 있다. 그녀의 어머니가 아이를 배었을 때 무당이 "반드시 왕후를 낳을 것이다"라고 했다. 어머니가 이를 기뻐하여 낳은 후에 딸의 이름을 후녀(后女)라고 지었다는 것이다.

이해 10월에 왕은 전에 성을 쌓았던 환도로 도읍을 옮겼다. 그리고 213년(산상왕 17) 정월에 교체를 태자로 삼았다.

217년(산상왕 21) 8월, 후한의 평주(平州) 사람 하요(夏瑤)가 1,000여 가구의 백성을 데리고 투항해왔다. 왕은 이들을 받아들이고 책성(柵城)에 자리 잡고 살게 해주었다.

그런데 이해 10월에 천둥과 지진이 있었고, 동북쪽에 살별이 나타났다. 219년(산상왕 23) 2월에는 일식이, 220년(산상왕 24) 4월에는 이상한 새가 왕궁 뜰에 모여들었다. 이러한 현상에도 224년(산상왕 28)에는 산상왕의 손자 연불(然弗)이 태어났다. 이후 별다른 기록이 나타나지 않았고, 산상왕은 즉위한 지 31년째 되는 227년 5월에 죽었다.

제11대, 동천왕

동천왕의 인품과 정치적 입지

주통촌 여자에게서 얻은 교체가 산상왕의 뒤를 이어 왕위에 오르니, 이가 고구려 제11대 왕인 동천왕(東川王: 또는 동양왕東襄王)이다. 어른이 된 다음에는 이름을 우위거(憂位居)로 바꾸었다 한다.

동천왕은 성품이 너그럽고 어질었다고 한다. 이러한 성품을 보여주는 일화가 남아 있다. 왕후가 남편의 마음을 시험해보기 위해 몇 가지 장난을 친 것이다. 왕후는, 왕이 외출한 틈을 타서, 사람을 시켜 왕이 타는 말[路馬]의 갈기를 자르게 했다. 그렇지만 왕은 돌아와서 "말이 갈기가 없는 것이 불쌍하다"고 했을 뿐 화를 내지 않았다. 그래서 시중드는 사람을 시켜 식사를 올릴 때 일부러 왕의 옷에 국을 엎지르게 했으나, 그래도 화내지 않았다고 한다.

즉위한 다음 해인 228년(동천왕 2) 2월에 왕은 졸본으로 가서 시조 묘에 제사 지내고 사면령을 내렸다. 그런 다음 3월에 자신의 어머니를 죽이려 했던 우 씨를 왕태후로 봉했다. 아마 동천왕의 성품 때문인지도 모르겠다.

6년 후 태후 우 씨는 죽으면서 유언을 남겼다. "내가 바르지 못한 행동을 했으니 지하에서 무슨 면목으로 국양(고국천왕)을 뵈올 것인가? 여러 신하가 나를 구렁텅이에 떨어뜨리지 않으려거든 산상왕릉 곁에 묻어주기 바란다"고 한 것이다. 이 유언은 동천왕과 그의 어머니를 죽이려 한 데 대한 회한을 털어놓은 셈이다.

그 유언대로 장사 지냈지만, 태후 우 씨에 대한 인식은 좋지 않게 남았던 것 같다. 유언을 조작해서 산상왕을 왕위에 올리고, 산상왕의 아들을 낳았던 후비를 죽이려 한 장본인이니 당연한 결과다.

『삼국사기』에, 무당[巫者]의 입을 빌려 남겨놓은 기록이 있다. 고국천왕이 내려와 "어제 우 씨가 산상에게 돌아가는 것을 보고, 분해서 싸웠다. 차마 나라 사람들을 볼 수 없으니,

조정에 알려 물건으로 나를 가리게 하라"고 했다는 것이다. 조정에서는 이를 받아들여 능 앞에 소나무를 일곱 겹으로 심었다.

표면적으로는 자신이 죽자 동생과 혼인해 왕비 자리를 유지하고도 동생의 곁에 묻히려 한 우 씨를 남편인 고국천왕이 비난한 내용으로 보인다. 하지만 조금 이상한 점도 있다. 사실 못된 짓을 했다고 비난받아야 할 당사자는 우 씨다. 그런데도 정작 눈에 띄지 않게 가려버린 무덤은 우 씨가 아닌 고국천왕의 무덤이다. 우 씨가 동생 곁에 묻혀 분하고 사람들을 볼 낯이 없어 자신의 무덤을 가려달라는 논리를 이해하기 어렵다.

하지만 이는 고도의 정치적인 계산일 가능성도 남겨두어야 한다. 산상왕의 아들로 왕위에 오른 동천왕의 입장에서는 부왕(父王)의 정통성에 문제가 제기되는 것이 달가울 리 없다. 태후 우 씨가 유언을 조작해서 부왕을 즉위시켰다는 내용이 『삼국사기』에 남아 있을 정도이니, 당시 고구려 사람도 인식하고 있었을 것이다. 동천왕을 반대하는 세력에게는 산상왕의 정통성부터 문제 삼는 것이 훌륭한 명분이 될 수 있었다.

이렇게 부왕의 승계 문제가 언급되는 것을 막을 필요가 있지만, 그렇다고 부왕인 산상왕의 흔적을 지울 수는 없는 노릇이다. 그러니 부왕이 아닌 고국천왕과 태후의 관계가 언급되는 사태를 가급적이면 피해야 했고, 이를 위해 고국천왕의 무덤을 사람들의 눈에 띄지 않게 해 말이 만들어지는 사태를 막으려 했을 수 있다.

230년(동천왕 4) 7월에는 작은 변화가 있었다. 국상 고우루가 죽은 것이다. 동천왕은 그 자리에 우태 명림어수(明臨於漱)를 임명했다.

고구려와 위나라의 충돌

그런데 이러한 동천왕이 중국 사서(史書)에는 매우 포악한 인물로 묘사되어 있다. 동천왕을 태조왕에 빗대 묘사한 것이다. 먼저 태조왕에 대해 "태어나면서부터 눈을 뜨고 사물을 쳐다보니 나라 사람[國人]들이 미워했다"고 묘사했다. 그러고는 "장성하자, 과연 흉악해 이웃 나라를 자주 침략하다 나라가 망할 지경에 이르렀다"고 일단 태조왕을 흉악한 인물로 몰았다. 그리고 동천왕에 대해서 "고구려에서는 서로 닮은 것을 위(位)라 부르는데, 그의 증조부와 닮았기 때문에 위궁이라는 이름을 지었다"는 말을 덧붙여놓았다.

태조왕과 닮아 흉악한 인물이라는 메시지를 주려는 의도

가 명백하게 보인다. 『삼국사기』에서 온화한 인격으로 묘사된 태조왕을 중국 사서에서 흉악한 인물로 몰아간 이유도 비슷하다. 동천왕도 중원 제국과 많은 분쟁을 빚었으니 태조왕처럼 흉악한 인물로 묘사했던 것이다.

동천왕이 고구려를 다스리던 시기 중국은 위(魏)·촉(蜀)·오(吳)가 대립하던 이른바 중국의 '삼국시대(三國時代)'에 해당한다. 세 나라가 성립하기 이전에도 고구려는 중원의 혼란에 영향을 받았지만, 그 후라고 영향이 없을 수 없었다. 이 시기 중원에 성립했던 나라들이 서로를 견제하기 위해 고구려를 이용하려 했기 때문이다.

먼저 손을 뻗친 쪽은 위나라인 것으로 되어 있다. 234년(동천왕 8) 위나라에서 고구려에 사신을 보내 화친을 맺은 것이다. 손권(孫權)의 오나라는 이러한 상황을 가만히 앉아서 보고 있지 않았다.

236년(동천왕 10) 2월, 손권이 사신 호위(胡衛)를 보내 화친하기를 청했다. 그렇지만 고구려에서는 국경을 맞대고 있는 위나라의 관계를 더 중요하게 여겼다. 오나라를 믿고 위나라와 분쟁을 벌일 만한 상황이 아니라고 판단했던 것이다. 그래서 고구려에서는 손권의 사신을 잡아두었다가 반년 정도가 지난 7월, 사신의 목을 베어 머리를 위나라에 보냈다.

이러한 고구려의 외교 기조는 한동안 이어졌다. 237년(동천왕 11), 고구려는 위나라에 사신을 보내 연호(年號)를 바꾼 것을 축하했다. 그리고 다음 해에는 위나라 태부(太傅) 사마선왕(司馬宣王)이 공손연(公孫淵)을 치는 사태가 일어났다. 이때 동천왕은 주부, 대가에게 군사 1,000명을 보내 사마선왕을 돕게 했다.

그런데 242년(동천왕 16) 갑자기 기조가 바뀌기 시작했다. 동천왕이 장수를 보내 중국과 낙랑군을 연결하는 교통의 요지인 요동 서안평을 침공한 것이다. 이렇게 된 원인은 위나라가 공손 씨 세력을 멸망시켰던 데에서 찾아야 할 듯하다. 공손 씨라는 완충 세력이 멸망하고 국경을 접하자, 고구려는 공공의 적을 두고 있던 시기와 달리 위나라로부터 직접적인 압력을 받기 시작했다. 서안평을 선제공격했던 이유도 이 때문으로 보인다.

서안평 침공 이후인 243년(동천왕 17) 정월에는 왕자 연불을 왕태자로 삼고 사면령을 내렸다. 245년(동천왕 19) 3월에는 동해 사람이 바친 미녀를 후궁으로 맞아들였다. 그해 10월에는 방향을 바꾸어 신라의 북쪽 변경을 침략했다는 기록도 나온다.

중간에 공백이 있기는 하지만, 고구려의 정책 변화는 자연스럽게 위나라의 반격을 불렀다. 246년(동천왕 20) 8월, 위나라에서는 유주 자사 관구검(毌丘儉)에게 군사 1만 명을 이끌고 현도군 방면에서 고구려를 침공하도록 했다. 이에 맞서 동천왕은 보병과 기병 2만 명을 동원해 비류수 가에서 관구검의 부대와 맞붙었다. 비류수와 양맥의 골짜기에서 연이어 벌어진 전투에서는 고구려군이 크게 승리했다. 전투마다 3,000명씩 모두 6,000명의 관구검 부대 병사가 희생되었던 것이다.

초전에 이와 같은 대승을 거두자, 동천왕은 방심을 했던 것 같다. 왕은 여러 장수에게 "위나라의 대군이 얼마 되지 않는 우리 군대보다 못하고, 관구검이란 자는 위나라의 명장이지만 오늘 그의 목숨이 내 손아귀에 있다" 하고는 철기(鐵騎) 5,000명을 거느리고 공격에 나섰다. 그러나 이것이 화근이었다. 관구검이 방형의 진[方陣]을 치고 결사적으로 저항하자, 공격에 나섰던 고구려군은 궤멸되어 전사자가 1만 8,000여 명에 달했다고 한다. 패배를 맛본 동천왕은 기병 1,000여 기를 데리고 압록원(鴨淥原)으로 달아났다.

고구려의 주력군이 궤멸하자, 관구검은 10월에 환도성 공략에 나섰다. 이 공세에 환도성은 함락당했고, 고구려는 또다시 큰 인명 피해를 보아야 했다. 동천왕은 탈출했지만, 관구검은 휘하 장군 현도 태수 왕기(王頎)에게 추격을 명했다.

남옥저 방면으로 달아나던 동천왕이 죽령(竹嶺)에 이르렀을 즈음, 군사들이 흩어져 위기에 몰리자 동부의 밀우(密友)

가 "지금 추격병이 가까이 다가와 위험하니, 신이 죽을 각오로 막으면 왕께서는 피할 수 있을 것입니다" 하고 결사대를 모집해 싸웠다. 이렇게 밀우가 시간을 끌고 있는 사이 동천왕은 몰래 빠져나가 산골짜기에서 흩어진 병사들을 모았다.

병력이 조금 모이자 동천왕은 "밀우를 찾아오는 자에게 후하게 상을 주겠다" 했다. 그러자 하부(下部)의 유옥구(劉屋句)가 나섰고, 전장에 쓰러져 있는 밀우를 발견해 업고 돌아왔다. 동천왕은 밀우를 자신의 무릎에 눕혔는데, 한참 만에 깨어났다고 한다.

이렇게 위기를 넘긴 동천왕은 추격을 따돌리기 위해 이리저리 돌아서 남옥저에 이르렀다. 그러나 위나라군의 추격을 뿌리치지는 못했다. 또다시 위기에 몰리는 난감한 상황에서 동부 사람 유유(紐由)가 나섰다. 거짓으로 항복해 틈을 보아 그 지휘관을 죽이고자 하니 계획이 성공하면 공격을 감행하라는 제안이었다.

왕의 허락을 받은 유유는 적진에 들어가 항복하는 척하다가 식기에 감춰온 칼을 빼서 위나라 장수의 가슴을 찌르고는 함께 죽었다. 고구려군은 지휘관을 잃고 혼란에 빠진 위나라군을 공격해서 몰아냈다.

동천왕은 이때의 공을 인정해 밀우에게는 거곡(巨谷)과 청목곡(靑木谷)을, 유옥구에게는 압록원과 두눌하원(杜訥河原)

을 식읍으로 주었다. 유유에게는 벼슬을 추증해 구사자(九使者)로 삼고, 그 아들 다우(多優)를 대사자로 삼았다.

관구검은 전쟁에 실패했지만, 고구려에서 철수하기 전 동북쪽 숙신의 남쪽 경계에 이르러 환도산(丸都山), 불내성(不耐城) 등에 자신의 공적을 돌에 새겼다. 이처럼 파란만장한 사건을 일으켰던 관구검의 침입 연도는 『삼국사기』에 246년으로 기록되어 있다. 그러나 1906년에 지린성[吉林省] 지안현[輯安縣]에서 발견된 관구검기공비(毌丘儉紀功碑)에는 244년으로 기록되어 있다.

우여곡절 끝에 관구검의 침공을 물리치기는 했지만 후유증은 컸다. 환도성이 파괴되어 247년(동천왕 21)에 도읍을 평양성으로 옮겨야 했다고 한다. 후유증이 컸던 전쟁인 만큼 이와 관련된 일화가 하나 더 남아 있다.

전쟁을 치르기 전부터 동천왕의 신하 득래(得來)는 위나라와 갈등을 빚는 것을 보고 여러 차례 말렸다. 동천왕은 이를 받아들이지 않았고, 득래는 "이 땅에 장차 쑥대가 나는 것을 보게 될 것이다"라 한탄하고는 굶어 죽었다. 고구려에 진주한 다음에 이를 알게 된 관구검은 득래의 묘를 무너뜨리거나 나무를 베지 못하게 하고, 포로로 잡은 득래의 처자를 모두 풀어주었다.

위나라와 전쟁이 끝난 248년(동천왕 22) 2월, 신라도 사신을 보내 화친을 맺었다. 그러면서 245년(동천왕 19)에 있었던 신라와의 충돌도 결말을 지었다.

이렇게 신라와의 갈등이 정리된 해 9월에 동천왕이 죽었다. 그가 죽자 가까운 신하 중에 따라 죽으려는 자가 많았다. 이 때문에 새 왕이 동천왕을 따라 죽는 행위를 금지했음에도 묘에 와서 자살하는 사람이 매우 많았다. 그래서 사람들이 땔나무를 베어 자살한 시체들을 덮었다. 이 때문에 동천왕을 장사 지낸 땅에는 시원(柴原)이라는 이름이 붙었다고 한다.

제12대, 중천왕

왕후 연 씨와 관나부인 간의 갈등

동천왕이 죽자 태자로 책봉되었던 연불이 뒤를 이었다. 그가 고구려 제12대 왕 중천왕(中川王: 또는 중양中壤)이다. 중천왕은 자태와 용모가 뛰어나고 지략이 있었다는 평을 받는다.

즉위한 해인 248년(중천왕 1) 10월에 연(椽) 씨를 왕후로 삼았다. 그런데 즉위 후 중천왕 개인적인 불행이 잇따랐다. 다음 달인 11월에 왕의 동생 예물(預物)과 사구(奢句) 등이 모반으로 처형되었다. 이런 일을 겪은 후 250년(중천왕 3) 2월, 왕은 국상 명림어수에게 군권을 맡겼다.

그리고 251년(중천왕 4) 4월, 왕은 또다시 개인적인 불행을 겪었다. 시작은 긴 머리의 미인 관나부인(貫那夫人)에게서 비롯되었다. 왕이 관나부인을 총애해 소후로 삼으려고 하자, 질투에 눈이 먼 왕후 연 씨가 관나부인을 제거하려 했다. 그러고는 왕후가 "서쪽에 있는 위나라에서는 긴 머리카락이 인기이니, 머리가 긴 미인을 바치면 침략받지 않을 것"이라는 제안을 왕에게 했다.

중천왕은 왕후의 속셈을 알아채고 대꾸하지 않았으나, 이번에는 관나부인이 말썽을 일으켰다. 왕후가 벌인 일을 안 관나부인은 왕에게 "왕후가 '친정으로 돌아가지 않으면 반드시 후회할 것'이라며 저를 위협한다"고 했다. 그러고는 왕이 사냥 나갔다가 돌아온 날 "저를 이 속에 담아 바다에 던지려고 했다. 그러니 돌려보내달라"며 가죽 주머니를 내밀었다. 그러나 중천왕은 그 말이 거짓임을 알고는 노해 관나부인을 가죽 주머니에 넣어 서해에 던져버렸다. 그 후로는 가족 사이의 갈등은 나타나지 않았다.

254년(중천왕 7) 4월에 국상 명림어수가 죽자, 비류 패자 음우(陰友)를 국상으로 삼았다. 다음 해에는 왕자 약로(藥盧)를 왕태자로 책봉하고 나라에 사면령을 내렸다. 또 그다음 해 11월에는 연나 명림홀도(明臨笏覩)를 공주에게 장가들여 부마도위(駙馬都尉)로 삼았다.

이렇게 중천왕 대에는 국내 문제 위주로 기록이 남아 있다. 이전보다 주변 세력과 큰 분쟁이 없었다는 뜻이기도 하다. 그러나 주변 세력과 평온하게 지내던 259년(중천왕 12), 거의 유일한 전쟁 기록이 나온다. 위나라 장수 위지해(尉遲楷)가 쳐들어온 것이다. 왕은 정예 기병 5,000명을 거느리고 양맥의 골짜기에서 이들을 무찌르고 8,000여 명의 목을 베었다.

이후에는 특별히 주목할 만한 사건이 나타나지 않는다. 260년(중천왕 13) 9월에 왕은 졸본으로 가서 시조 묘에 제사지냈고, 262년(중천왕 15), 7월에 기구로 사냥을 나가 흰 노루를 잡았다. 같은 해 11월에 천둥이 치고 지진이 일어났다는 정도의 기록이 남아 있을 뿐이다.

이렇게 지내던 중천왕은 즉위한 지 23년째 되는 270년(중천왕 23) 10월에 죽었다.

제13대, 서천왕

비교적 안정적인 통치기

고구려 제13대 왕 서천왕(西川王: 또는 서양왕西壤王) 또한 아버지 중천왕처럼 태자로 책봉되었다가 선왕의 죽음 이후 무난하게 왕위를 물려받은 경우다. 그의 이름은 약로(또는 약우若友)이고 중천왕의 둘째 아들이다. 성품이 총명하고 어질어 사람들의 사랑과 존경을 받았다고 한다.

즉위한 다음 해인 271년(서천왕 2) 정월에 서부(西部) 대사자 우수(于漱)의 딸을 왕후로 삼았다. 그리고 7월에 국상 음우가 죽자, 9월에 음우의 아들인 상루(尙婁)를 국상으로 삼았다.

이후 2년 동안 지진·가뭄·일식 등의 현상이 일어났고, 가뭄이 들었을 때 '백성을 진휼했다'는 정도의 기록만 나온다. 276년(서천왕 7)에는 4월에 왕이 신성(新城)으로 가서 사냥해 흰 사슴을 잡았다든가, 9월에 신비로운 새[神雀]가 궁정에 모여들었다는 상서로움의 징조가 나타날 뿐이다.

그러던 280년(서천왕 11) 10월에 숙신이 쳐들어와 변경의 백성을 살육하는 사태가 일어났다. 왕이 대책을 의논하자 여러 신하는 왕의 동생 달가(達賈)를 추천했다. 달가에게 군대를 맡겨 숙신을 맞아 싸우게 하자, 달가는 기발한 전략으로 단로성(檀盧城)을 빼앗아 추장을 죽이고 부락 예닐곱 곳의 항복을 받아냈다. 그리고 600여 가(家)를 부여 남쪽의 오천(烏川)으로 옮기는 전과를 올렸다. 왕은 크게 기뻐해 달가를 안국군(安國君)으로 삼아 군권을 맡기고, 아울러 양맥과 숙신의 여러 부락을 통솔하게 했다.

숙신의 침략을 제압한 후인 286년(서천왕 17) 2월, 왕의 아우 일우(逸友)와 소발(素勃) 등은 무리를 모아 반역을 꾀하려 했다. 그러자 왕은 재상을 시켜준다고 이들을 불러들여 죽인 일도 있었다.

이후로는 288년(서천왕 19) 4월에 왕이 신성으로 행차했고 해곡(海谷) 태수가 고래를 바쳤는데 고래의 눈이 밤에 빛났다든가, 8월에 왕은 동쪽으로 사냥을 나가서 흰 사슴을 잡았고 9월에 지진이 일어났다든가, 11월에 왕이 신성에서 돌아왔다는 등 역사적으로 큰 의미를 부여할 수 없는 기록만이 나타난다.

서천왕은 즉위한 지 23년 만인 292년(서천왕 23)에 죽었다.

제14대, 봉상왕

영웅 달가를 죽이고 왕위에 오르다

고구려 제14대 왕 봉상왕(烽上王: 또는 치갈왕雉葛王) 또한 태자로 있다가 즉위하게 되었다는 점은 앞의 두 왕과 같다. 그의 이름은 상부(相夫: 또는 삽시루歃矢婁)다.

그런데 그에 대한 평가는 매우 좋지 않다. 『삼국사기』에는 "어려서부터 교만하고 방탕하며 의심과 시기심이 많았다"고 기록하고 있다. 즉위하자마자 그러한 평가를 받을 만한 짓을 저질렀다. 292년(봉상왕 1) 3월, 숙신이 침공했을 때 이를 격퇴하는 데 혁혁한 공을 세운 안국군 달가를 죽인 것이다.

봉상왕은 달가가 큰 공적이 있어 백성이 우러러보는데다, 선왕의 형제로 왕위계승권도 있어서 위협을 느꼈던 것 같다. 그래서 음모를 꾸며 달가를 죽였다. 이 때문에 사람들은 양맥과 숙신의 침략을 막아준 영웅 달가의 죽음을 애통해했다.

국내의 인심이 흉흉한 시점인 293년(봉상왕 2) 8월에 선비족 모용외(慕容廆)가 침입해 왔다. 이 침공을 제대로 막지 못한 봉상왕은 신성으로 피신하려 했다. 왕의 행차가 곡림(鵠林)에 이르렀을 때, 모용외가 군사를 이끌고 추격해 거의 따라잡아 위기에 몰렸다. 이때 신성재(新城宰)인 북부 소형(小兄) 고노자(高奴子)가 500명의 기병을 거느리고 왕을 맞이하러 나왔다. 그러다가 모용외와 만나 교전을 벌여 격퇴시켰다. 왕은 기뻐하고 고노자에게 작위를 더해 대형(大兄)으로 삼고, 곡림을 식읍으로 주었다.

모용외의 침공으로 험한 꼴을 당했음에도, 같은 해 9월에 왕은 아우 돌고(咄固)가 배반할 마음을 가지고 있다 하며 자살하게 했다. 나라 사람들은 돌고에게 죄가 없었으므로 애통해했다고 한다. 돌고의 아들 을불(乙弗)은 아버지의 죽음에 위협을 느껴 피신했다.

다음 해인 294년(봉상왕 3) 9월에 국상 상루가 죽었다. 그 자리에 남부의 대사자 창조리(倉助利)를 앉히고, 작위를 올려 대주부로 삼았다. 그런데 바로 창조리가 훗날 봉상왕을 몰아내는 문제의 인물이 된다.

296년(봉상왕 5) 8월, 모용외가 또다시 침입해왔다. 이때의 침입을 격퇴하게 된 배경에 대해서 하나의 설화가 전한다. 모용외가 고국원(故國原)에 이르렀을 때, 서천왕의 무덤을 보고 사람을 시켜 파게 했다. 그런데 무덤을 파던 인부 중 갑자기 죽는 자가 생기고, 또 구덩이 안에서 음악 소리가 들렸다. 모용외는 귀신이 있을까 두려워 군사를 이끌고 물러갔다고 한다.

모용외가 물러간 후 봉상왕은 거듭되는 모용 씨의 침략에 대한 대책을 논의했다. 이때 창조리가 293년(봉상왕 2)의 침공 때 왕을 구원해주었던 고노자를 "어질고 용감하다"며 추천했다. 봉상왕은 고노자를 신성 태수로 삼았고, 그가 잘 다스려 명성을 떨치자 모용외가 다시 쳐들어오지 못했다.

그런데 일부 전문가들은 당시 모용외의 세력이 아직 요하(遼河)을 넘지 못했다는 점을 근거로, 이와 같은 사실을 의심하기도 한다.

이러한 일을 겪은 이후인 298년(봉상왕 7) 고구려의 국내 정국은 어지러웠다. 9월에 서리와 우박 때문에 곡식이 망가져 백성이 굶주렸음에도, 봉상왕은 10월에 극히 사치스럽고 화려한 궁실 증축에 들어갔다. 민심을 우려한 신하들의 만류에도 왕은 따르지 않았다.

같은 해 11월에는 누명을 씌워 죽였던 동생 돌고의 아들 을불을 찾아 제거하는 일에 몰두했다. 그랬음에도 을불을 제거하지도 못했고, 이는 훗날 고구려 역사의 또 다른 변수가 된다.

299년(봉상왕 8)부터 300년(봉상왕 9)까지 "귀신이 봉산(烽山)에서 울었다"든가, "객성이 달을 범했다"든가, "12월에 천둥이 치고 지진이 일어났다"든가, "정월에 지진이 일어났다"든가, "2월부터 가을 7월까지 비가 내리지 않아 흉년이 들자 백성이 서로 잡아먹었다"는 등의 불길한 일이 줄을 이었다. 그런데도 300년(봉상왕 9) 8월에 나라 안의 남녀 15세 이상인 자들을 징발해 궁실을 수리했다. 이 때문에 백성은 더욱 굶주려 도망치는 경우가 많아졌다.

사태를 보다 못한 창조리가 "토목 공사 때문에 백성이 곤궁에 빠지면 외적의 침략을 불러오는 등의 위기에 빠질 수 있다"고 충고했다. 그러나 봉상왕은 "궁실이 웅장하고 화려하지 않으면 위엄을 보일 수 없다. 지금 국상은 과인을 비방해 백성의 칭찬을 가로채려고 하는구나"라며 화를 냈다.

창조리가 "백성을 사랑하지 않으면 어질지 못한 임금이고, 임금에게 간하지 않으면 충성된 신하가 아닙니다. 저는 국상의 자리를 잠시 채우고 있으니 감히 말하지 않을 수 없습니다. 어찌 감히 (백성의) 칭찬을 가로채겠습니까?" 하자,

왕은 "국상은 백성을 위해 죽겠는가? 그러기 싫으면 다시는 말도 꺼내지 말라"며 웃으며 말했다.

이에 위협을 느낀 창조리는 결국 정변을 모의했다. 기회는 다음 달인 9월에 왔다. 봉상왕은 후산(侯山) 북쪽으로 사냥을 나갔는데, 국상 창조리가 따라가며 사람들에게 말했다. "나와 마음을 같이하는 자는 내가 하는 대로 하라" 하고 갈댓잎을 관에 꽂으니, 모두가 창조리를 따라 갈댓잎을 꽂았다. 여기에 힘을 얻은 창조리는 정변을 감행해 봉상왕을 폐위시키고 별실에 가두어 군사에게 주위를 지키게 했다. 유폐된 봉상왕은 목을 매어 자살했으며, 두 아들도 따라 죽었다.

제15대, 미천왕

고초를 겪던 을불, 마침내 왕위에 오르다

봉상왕이 정변으로 몰려난 후 추대된 사람이 을불(또는 우불憂弗), 고구려 제15대 왕 미천왕(美川王: 또는 호양왕好壤王)이다. 미천왕은 봉상왕이 아버지 돌고를 제거하자 몸을 피신한 후 파란만장한 고초를 겪었다.

처음에는 수실촌(水室村) 사람 음모(陰牟)의 집에서 고용살이를 했다. 그런데 음모는 심성이 고약한 사람이었다. 음모는 을불이 어떤 사람인지 알지 못했다. 그는 을불에게 집 주변의 늪에서 개구리가 울면 밤에 기왓조각과 돌을 던져 울지 못하게 하고, 낮에는 나무하기를 독촉해 잠시도 쉬지 못하게 하는 등 심하게 부려먹었다.

을불은 이를 견디지 못하고 1년 만에 그 집을 떠나 동촌(東村) 사람 재모(再牟)와 함께 소금 장사를 했다. 그런데 소금 파는 일조차 순탄하지 않았다. 을불은 배를 타고 압록에 이르러 소금을 내려놓고 강 동쪽 사수촌(思收村) 사람의 집에 묵었다.

이때 사달이 생긴 것이다. 그 집의 할멈[老嫗]이 소금을 달라고 한 것이 화근이었다. 을불은 소금을 한 말쯤 주었지만, 이에 만족하지 않은 노파가 더 달라고 했다. 을불이 이를 거절하자, 앙심을 품은 노파는 소금 속에 몰래 신발을 넣어두었다. 이를 알지 못한 을불이 짐을 챙겨 길을 떠나자, 노파는 을불을 쫓아와 신발을 훔쳐 갔다는 누명을 씌워 압록재(鴨淥宰)에 고소했다. 압록재는 신발값에 대한 배상으로 을불의 소금을 빼앗아 노파에게 주었다. 여기서 그치지 않고 을불은 볼기까지 맞은 다음에야 풀려날 수 있었다. 이런 고초를 겪자 을불은 더 초췌해졌기 때문에 아무도 그가 왕손인지 알아보지 못했다.

그런데 이때는 창조리가 봉상왕을 몰아내려고 하던 시기였다. 그는 북부의 조불(祖弗)과 동부의 소우(蕭友) 등에게 을불을 찾게 했다. 이들은 비류하 기슭에서 을불을 찾아냈다.

조불과 소우가 을불에게 "지금의 임금은 인심을 잃은 지 오래여서 나라의 주인이 될 수 없으므로, 여러 신하가 왕손을 매우 간절히 바라고 있습니다. 청컨대 의심하지 마십시오"라며 모시려 했다. 그런데도 을불은 자신이 왕손임을 부정했다. 자신을 찾아내 제거하려는 것이 아닌가 의심했기 때문이다. 그렇지만 결국 조불과 소우를 따라 창조리에게 갔다. 그리고 마침내 창조리는 오맥(烏陌) 남쪽 집에 을불을 숨겨두고 거사를 치른 것이다.

즉위한 뒤 10월에서 12월 사이 약간의 기상이변 등 상서롭지 못한 일이 있었으나 별다른 일은 없었다. 그런데 즉위한 지 3년째 되는 해부터 고구려는 현도군을 압박하며 팽창해 나아갔다. 302년(미천왕 3) 9월에 군사 3만 명을 동원해 현도군을 침략하고 8,000명을 붙잡아 평양으로 옮긴 것이 신호탄이었다. 311년(미천왕 12) 8월에는 요동 서안평을 공격해 차지했다. 이어 313년(미천왕 14) 10월에는 낙랑군(樂浪郡)을 침략해 남녀 2,000여 명을 사로잡았다.

314년(미천왕 15) 정월에 왕자 사유(斯由)를 태자로 삼은 후 9월에 대방군(帶方郡)을 침략했다. 315년(미천왕 16) 2월에는 현도성을 재차 공격해 깨뜨렸다. 이때 현도군에서 많은 전사자와 포로가 나왔다.

이와 같은 정복 사업을 통해 고구려는 팽창의 기반을 마련했다. 그런데 그 배경이 되어준 것은 중원의 혼란이었다. 이때 중원에서는 위나라를 이은 진(晋)의 세력이 미약해졌고, 뒤이어 오호십육국(五胡十六國) 시대로 접어들었다. 이런 혼란을 틈타 고구려의 정복 활동이 활발해졌던 것이다.

그러나 고구려가 주변 지역을 무난하게 정복하기만 한 것은 아니다. 이전부터 계속해서 고구려를 괴롭혔던 모용 씨가 문제였다. 그동안 몇 번이나 고구려를 침략해 왔던 모용외는 오호십육국 시대 선비족 모용부(慕容部)의 수장이었다. 그리고 훗날 전연(前燕)을 세웠으며 고구려와 또 다른 악연을 만든 모용황(慕容皝)의 아버지이기도 하다.

미천왕 대에도 모용외는 고구려와 갈등을 빚었다. 여기에는 좀 복잡한 배경이 있었다. 모용외는 같은 선비족인 우문부(宇文部)와 사이가 좋지 않았다. 그래서 이들을 공략하려 했는데, 이를 서진(西晋)이 저지했다. 이에 앙심을 품은 모용외는 서진의 유주 일대를 공격해 노략질했다. 이 때문에 서진 무제(武帝)의 정벌을 받아 타격을 입었다.

그런데도 모용외의 노략질은 계속되었다. 부여를 공격해 부여왕 의려(依慮)가 자살하는 사태를 일으킨 것이다. 그러자 서진에서는 부여에 원군을 파견해 모용외를 격파했다. 그 결과 289년(서천왕 20), 모용외는 일시적으로 서진에 복속하고 선비 도독(都督)에 임명되었다. 그러나 얼마 가지 않아 서진이 혼란에 빠지자, 307년(미천왕 8)에 모용외는 선비대선우(鮮卑大單于: 선비의 최고 지도자)를 자칭하며 세력을 크게 키웠다. 이 과정에서 모용외는 서진의 혼란을 피해 나온 유민들을 적극적으로 받아들였다.

이에 서진의 평주 자사 최비(崔毖)는 유민들을 귀환시키려 했으나 유민들이 듣지 않았다. 그러자 최비는 모용외가 유민들을 억류하고 있는 것으로 간주하고, 모용외를 정벌하려 했다. 이를 위해 최비는 318년(미천왕 19)에 나름대로 대책을 세웠다. 모용외를 정벌한 뒤 영토를 나누어 주겠다는 약속을 내걸어 선비의 단부(段部)·우문부와 고구려를 끌어들인 것이다. 이리하여 고구려가 최비와 모용외의 싸움에 말려들게 되었다.

그런데 최비의 정벌은 허무하게 끝났다. 319년(미천왕 20), 모용외는 연합 세력이 자신의 중심 거점인 극성(棘城)을 공격해 오자 이 가운데 우문(宇文) 씨에게만 물자를 제공해 연합 세력을 이간질시켰다. 여기에 의심을 품은 다른 세력은 철수해버렸다. 그런데도 단독으로 모용외와 싸움을 고집했던 우문부의 군대는 모용외에게 크게 격파당했다.

모용외의 승리 소식에 위협을 느낀 최비는 조카 최도(崔燾)를 극성으로 보내 마음에도 없는 축하를 했다. 그런데 하필 이때 모용외를 공략했던 세 세력의 사신들이 극성으로 찾아왔다. 그러고는 "그 정벌은 우리 뜻이 아니라 최비가 사주한 것"이라며 화의를 청했다. 사태를 파악한 모용외는 이 사실을 최도에게 들이밀었고, 두려움을 느낀 최도는 모든 것을 털어놓았다.

모용외는 최도를 돌려보내면서 "항복하는 것은 상책이고, 달아나는 것은 하책이다"라는 말을 전했다. 그러면서 모용외가 군대를 이끌고 출동하자, 보복이 두려웠던 최비는 수십의 기병과 함께 고구려로 망명해버렸다. 이때가 319년(미천왕 20) 12월이다. 이를 계기로 모용외는 요동을 차지하게 되었다.

이 시기에 고구려에서는 장수 여노(如孥)가 하성(河城)을 차지하고 있었는데, 모용외는 요동을 차지한 기세를 몰아 휘하 장수 장통(張統)을 보내 여노를 습격했다. 그리고 결국 여노와 함께 1천여 호가 사로잡혀 극성으로 끌려갔다.

그런데도 미천왕은 요동을 자주 침략했다. 모용외는 모용한(慕容翰)과 모용인(慕容仁)을 시켜 반격했고, 불리함을 느낀 미천왕은 화친을 시도했다. 이것이 성립되어 모용한과 모용인은 돌아갔다. 그랬음에도 미천왕은 다음 해인 320년(미천왕 21) 12월에 군사를 보내 또다시 요동을 침략했다. 이때의 침공은 모용인에게 격퇴되었다. 그만큼 당시 모용외의 세력이 막강했던 것이다.

모용외의 세력을 무시할 수 없었던 동진(東晉)은 같은 해 모용외를 안북장군 평주 자사(安北將軍平州刺史)로 삼았다. 이후 모용외는 동진에 충성을 바치며 후조(後趙)와 대립했다.

『삼국사기』에는 이후 10년 동안 기록이 없다가 330년(미천왕 31), 후조의 석륵(石勒)에게 사신을 보내 호시(楛矢: 싸리나무로 만든 화살)를 전했다고 한다. 이는 모용외의 활약에 위협을 느낀 미천왕이 중원의 세력 다툼이 심해지는 시점에 그들의 갈등을 이용해 모용외를 견제하고자 하는 시도였다. 미천왕은 이러한 노력을 기울이다가 331년(미천왕 32) 2월에 죽었다.

제16대, 고국원왕

모용 씨와 대를 이은 싸움

314년(미천왕 15)에 태자로 책봉되었던 사유(또는 쇠釗)는 미천왕이 죽자 고구려 제16대 왕 고국원왕(故國原王: 또는 국강상왕國罡上王)으로 뒤를 이었다. 고국원왕도 신대왕 이후 여러 왕이 그랬던 것처럼 즉위한 졸본으로 가서 시조 묘에 제사를 지냈다. 332년(고국원왕 2) 2월의 일이었다. 그러고 나서 백성을 위로하고 노인과 병자들을 구휼했다.

334년(고국원왕 4) 8월에 평양성을 증축하고, 다음 해 정월에는 나라의 북쪽에 신성(新城)을 쌓았다. 336년(고국원왕 6)

에는 동진에 사신을 보내 토산물을 바쳤다. 그사이에 겨울에 눈이 내리지 않는 등의 이변이 있었으나 별다른 문제는 없었다.

중원 제국과 큰 문제가 일어난 계기는 337년(고국원왕 7) 요서를 기반으로 성장한 모용 씨가 세력을 키워 전연을 세우면서부터다. 그 장본인이 모용황이다. 그는 333년(고국원왕 3)에 아버지 모용외가 사망하자 이복형인 모용한, 동생 모용인·모용소(慕容昭) 등과 치열한 권력 투쟁을 벌였다. 그리고 결국 336년(고국원왕 6)에 정권을 잡았다.

여기서 사신감을 얻은 모용황은 337년(고국원왕 7), 동진에 대한 종속 관계를 끊고 전연을 세웠다. 모용황은 한때 협력 관계였던 후조와 분쟁을 겪으며 위기를 맞기도 했으나, 이를 극복하고 후조를 상대로 대승을 거두었다.

고국원왕이 여러 성을 쌓고 수리·증축하거나, 동진에 사신을 파견한 것도 강해진 전연을 의식했기 때문이라고 할 수 있다. 『삼국사기』에는 나타나지 않지만, 338년(고국원왕 8)에는 전연 공략에 실패한 후조와 협력을 꾀하기도 했다는 점이 중국 사서에 기록되어 있다.

고국원왕은 전연의 분열도 이용하려 했다. 336년(고국원왕 6)에는 모용인의 반란에 가담했다가 실패하고 고구려로 망명해온 곽충(郭充)과 동수(佟壽)를, 338년(고국원왕 8)에는 전연의 적인 후조와 내통했던 봉추(封抽)와 송황(宋晃) 등을 받아들였다.

이러한 정책은 모용황의 반감을 샀다. 결국 339년(고국원왕 9), 모용황은 고구려 침공을 감행했다. 그의 군대가 신성에까지 이르자 고국원왕은 화친의 맹약을 요구했고, 모용황이 이를 받아들여 넘어갔다. 이때 맺은 관계에 따라 고구려는 340년(고국원왕 10)에 세자를 전연에 보내 조회(朝會)를 갔다.

그러면서도 고구려는 전연에 대한 경계를 늦추지 않았다. 342년(고국원왕 12) 2월에 환도성을 수리하고, 국내성을 증축했다. 8월이 되자 산을 의지해서 지은 환도성으로 거처를 옮겼다. 유사시에 대비한 체제로 돌입한 것이다.

같은 해 10월, 모용황도 수도를 용성(龍城)으로 옮겼다. 그리고 11월, 모용황은 고구려 침공에 나섰다. 이때의 침공과 관련한 유명한 일화가 전해진다. 당시 전연의 전략을 제시한 사람은 건위장군(建威將軍) 모용한이었다. 그는 "먼저 고구려를 친 다음 우문 씨를 멸망시키고, 그 후에 중원을 차지하자"는 전략을 내놓았다. 후조와 요서 지방의 선비족 우문부를 격파하고 중원 진출을 꾀하려면 후방의 안정이 필요했기 때문에 나온 전략이었다.

이와 함께 고구려 침공에 독특한 전략을 제시했다. 고구려를 침공하려면 두 방면의 길이 있는데, 북쪽 길은 평탄하고 넓지만, 남쪽 길은 험하고 좁았다. 따라서 대부분 대군이 이동하려면 당연히 북쪽 길을 침공 루트로 사용해야 한다고 보았다.

그러나 모용한은 다른 작전을 제시했다. "적도 상식적으로 헤아려 북쪽 길에 대한 방어에 비중을 둘 것이다. 이럴 때 왕께서 정예군을 거느리고 의표를 찔러야 한다. 따로 소수의 병력을 북쪽 길로 보내면 조금 차질이 빚어진다 하더라도 큰 문제가 되지는 않을 것이고, 환도성에 집착할 필요는 없을 것"이라는 것이 그의 전략이었다.

모용황은 그의 제안을 받아들여 침공을 감행했다. 모용한과 모용패(慕容霸)를 선봉으로 삼고, 자신이 직접 정예 군사 4만 명을 거느리고 남쪽 길로 진격한 것이다. 그러면서 따로 장사(長史) 왕우(王寓) 등에게 군사 1만 5,000명을 북쪽 길로 진격시켰다.

이를 모르는 고구려에서는 고국원왕의 아우 무(武)가 정예군 5만 명을 거느리고 북쪽 길에 방어선을 쳤고, 고국원왕 자신은 약한 군사들을 거느리고 남쪽 길을 막았다. 전연의 군대는 선봉 모용한 등이 먼저 고국원왕이 맡은 남쪽 길 방면에서 전투를 벌여 상황을 파악하고는 곧바로 모용황의 본대가 투입되어 고구려군을 대파했다. 이 과정에서 전연의 좌장사(左長史) 한수(韓壽)가 고구려 장수 아불화도가(阿佛和度

加)의 머리를 베며 사기를 올렸고, 승기를 탄 전연군은 환도성까지 함락시켰다.

고국원왕은 단웅곡(斷熊谷)으로 간신히 탈출했지만, 전연 장군 모여니(慕輿埿)가 추격해 고국원왕의 어머니 주(周) 씨와 왕비를 사로잡았다. 그러나 다행히도 왕우 등이 북쪽 길에서 고구려군과 싸우다가 전멸했다. 이 덕분에 배후가 불안해진 모용황이 끝까지 고국원왕을 쫓지는 못했다. 모용황은 타협하려고 사신을 보내 고국원왕을 불렀으나 고국원왕은 가지 않았다.

더 이상의 조치를 찾지 못한 모용황이 철수하려 하자 한수가 충고했다. "지금 고구려 왕이 도망하고 백성이 흩어져 산골짜기에 숨어 있으나, 대군이 돌아가면 반드시 다시 모여들어 근심거리가 될 것이니 고구려 땅을 지키기 어렵다. 그러니 고구려 왕 아버지의 시신과 왕의 어머니를 잡은 후 고구려 왕이 항복해 오기를 기다려 돌려주고 달래는 것이 상책이다"라는 의견을 내놓은 것이다.

모용황이 그의 말대로 철수하는 길에 미천왕의 무덤에서 시신을 파내고, 창고 안의 보물과 남녀 5만여 명을 사로잡아 갔다. 여기에 더해 철수하면서 고구려의 궁실에 불을 지르고, 환도성을 허물어버렸다.

사태를 수습해야 할 처지에 몰린 고국원왕은 다음 해인

343년(고국원왕 13) 2월에 아우를 전연에 보내 신하를 칭하며 조회하고 진기한 물건 1,000여 점을 바쳤다. 모용황은 성의에 화답해 미천왕의 시신을 돌려주었으나, 어머니는 여전히 인질로 남겨두었다. 이뿐만 아니라 고국원왕은 7월에 거처를 평양 동황성(東黃城)으로 옮겨야 했다. 그러면서도 고국원왕은 동진에 사신을 보내 전연에 대한 견제 카드를 남겨놓는 조치도 소홀하지 않았다.

모용황, 또다시 고구려를 침공하다

전연과 화친을 위한 조치가 취해졌음에도 불구하고 345년(고국원왕 15) 10월에 모용황은 아들 모용각(慕容恪)을 시켜 또다시 고구려를 침공했다. 그러나 이 침공은 남소성(南蘇城)을 함락시키고, 수비 병력을 남겨두고 돌아가는 차원에서 그쳤다. 고구려에서 전연에 대해 뭔가 마음에 들지 않는 행위를 했기 때문에 이에 대한 응징 차원에서 침공했던 게 아닐까 하는 추측이 가능하다.

그 뒤로는 전연이 중원 장악에 주력함에 따라 전연과의 분쟁은 소강상태를 유지했다. 분쟁이 잦아들면서 고구려와 전연의 관계도 개선되었다. 349년(고국원왕 19)에는 고구려로 투항해 왔던 송황을 다시 전연으로 돌려보냈다. 모용준이 "그를 용서하고 이름을 활(活)이라 바꾸며 중위(中尉)로 임명했다"고 한 점을 보아, 두 나라가 송황의 송환 문제는 무난하게 타협점을 찾은 것 같다.

그리고 이 기조는 계속 이어졌다. 355년(고국원왕 25) 12월에 왕은 사신을 연나라에 보내 인질과 조공을 바치면서 어머니를 돌려보내달라고 요청했다. 당시 모용황의 뒤를 이었던 모용준은 이를 허락하고, 왕의 어머니 주 씨를 본국으로 돌려보내주었다. 이에 더해 고국원왕에게 영주제군사(營州諸軍事) 정동대장군(征東大將軍) 영주자사(營州刺史)라는 관직을 내려주었다. 이런 점으로 보아 고구려와 전연의 관계는 정상화되었던 듯하다. 이해 정월, 고국원왕은 왕자 구부(丘夫)를 태자로 세웠다.

이렇게 고국원왕이 전연과의 관계를 수습하는 동안 백제가 남쪽에서 세력을 키우고 있었다. 이를 견제하기 위해 369년(고국원왕 39) 9월, 왕은 군사 2만 명을 동원해 백제를 침공했지만, 성공을 거두지 못했다. 여러 가지 사정에 쫓겨 백제 침공에 정예 병력을 동원하지 못했기 때문이다.

그런데 이때 중원에서 큰 변화가 일어났다. 부견(符堅)의 치세에 세력을 키워가던 전진(前秦)이 370년 왕맹(王猛)을 보내, 모용각의 죽음 이후 쇠락을 길을 걷던 전연을 격파한 것이다. 이때 전연의 모용평(慕容評)이 고구려로 피신해 왔지만, 고구려는 그를 잡아 전진으로 압송해버렸다. 고구려는 전연이 제기하지 못할 것이라 보고, 전진과 우호 관계를 수립하려 노력하기 시작한 것이다.

북방이 안정되자, 고국원왕은 371년(고국원왕 41)에 다시 백제를 공격했다. 그러나 근초고왕이 패하(浿河)에 매복시킨 복병을 만나 침공은 좌절되었다. 이해 10월 백제는 보복으로 정예 3만 군사를 동원해 평양을 공격했고, 이 전투에서 고국원왕이 전사했다.

제17대, 소수림왕

율령 반포와 불교 도입

고구려 제17대 왕 소수림왕(小獸林王: 또는 소해주류왕小解朱留王)의 이름은 구부였고, 키가 큰 지략가로 묘사되어 있다.

소수림왕 치세에 주목을 받는 점은, 즉위한 다음 해(372) 6월에 전진의 부견이 사신과 승려 순도(順道)를 파견해 불상과 경문(經文)을 보내왔다는 사실이다. 여기서 일단 전연을 멸망시킨 전진과 우호 관계를 맺었다는 점을 확인할 수 있다. 그리고 이것이 기록에 나타나는 고구려 불교 도입의 시초이다. 『삼국사기』가 편찬된 고려 때에 이를 "우리나라 불교의 시작"이라고 인식했다. 소수림왕은 답례로 사신을 보내 토산물을 바쳤다.

그런데 이때는 단순히 불교만 도입한 것이 아니었던 듯하다. 같은 해 "대학(大學)을 세우고 자제들을 교육시켰다"는 구절이 나타난다. 이는 유교 경전도 교육시켰다는 얘기가 된다.

또 373년(소수림왕 3)에는 "율령(律令)을 처음으로 반포했다"는 기록도 나온다. 이는 소수림왕 때에 고구려의 체제가 많이 정비되어나갔음을 시사한다.

이후에도 불교의 도입과 포교에 대한 기록이 이어진다. 374년(소수림왕 4)에는 승려 아도(阿道)가 왔다. 다음 해인 375년(소수림왕 5) 2월에는 초문사(肖門寺)를 세우고 그곳에 전진에서 파견된 순도를 두었다. 다음에는 이불란사(伊弗蘭寺)를 세우고 나중에 파견된 아도를 그곳에 두었다.

그렇다고 소수림왕이 체제 정비에만 몰두했던 것은 아니다. 같은 해 7월에 백제 수곡성(水谷城)을 공격해 함락시켰다. 이후에도 고구려와 백제의 공방전은 계속되었다. 376년(소수림왕 6) 11월에도 고구려가 백제의 북쪽 변경을 침략했으며, 377년(소수림왕 7) 10월에는 그 보복으로 백제가 군사 3만 명을 거느리고 평양성을 침공해왔다. 다음 달인 11월에는 다시 고구려가 백제를 정벌했다. 이런 와중에도 소수림왕은 전진에 사신을 파견하는 일을 잊지 않았다.

고구려와 치열한 전쟁을 벌였던 백제와는 달리 신라는 고구려에 접근했다. 377년(소수림왕 7), 고구려는 신라 사신을 전진에 데려갔고, 덕분에 신라와 전진의 통교는 한동안 지속될 수 있었다.

그러나 백제와 치른 전쟁에서 피해가 컸는지, 같은 해 겨울에는 "눈이 내리지 않고 천둥이 쳤다"는 기록 뒤에 "백성이 전염병에 걸렸다"는 내용이 나타난다. 그리고 378년(소수림왕 8)에는 "가뭄이 들어 굶주린 백성이 서로 잡아먹었다"는 기록도 나온다. 9월에는 거란[契丹]이 북쪽 변경을 침범해 여덟 부락을 빼앗기기도 했다. 그러고는 한동안 기록이 나타나지 않다가, 383년(소수림왕 13) 9월에 살별이 서북쪽에 나타난 다음 해인 384년 11월에 왕이 죽었다.

第18대, 고국양왕

이웃나라와 계속되는 전쟁

고구려 第18대 왕 고국양왕(故國壤王)의 이름은 이련(伊連: 또는 어지지於只支)이다. 소수림왕이 재위 14년 만에 아들 없이 죽자 아우 이련이 즉위한 것이다.

고국양왕은 즉위 다음 해인 385년(고국양왕 2) 6월에 군사 4만 명을 동원해서 요동을 습격했다. 여기에는 중원의 변화라는 배경이 있었다. 고구려와 우호적으로 지냈던 전진이 동진 정벌에 나섰다가 이른바 '비수(淝水) 대전'에서 패배하면서 멸망의 길로 접어들었다. 그러자 전진에 복속했던 모용수가 독립해, 아버지 모용황의 기반을 이어 후연(後燕)을 세웠다. 그는 어느 정도 기반을 갖추자 전연의 수도였던 용성(龍城)에 모용좌(慕容佐)를 파견했다.

모용좌는 고구려군이 요동을 습격했다는 소문을 듣고 사마학경(司馬郝景)에게 구원을 명령했다. 그러나 고구려군은 이들을 격파하고 요동과 현도를 함락시켰으며, 남녀 1만 명을 사로잡아 돌아왔다. 후연의 반격도 만만치 않았다. 같은 해 11월, 후연에서는 모용농(慕容農)으로 하여금 요동 · 현도 2군을 탈환하도록 했다.

고구려와 후연의 갈등이 격화된 원인은 이전부터 유주와 기주(冀州)의 많은 유랑민이 고구려에 투항해 왔기 때문이다. 모용농은 이러한 동요를 막기 위해 범양(范陽) 사람 방연(龐淵)을 요동 태수로 삼아 이 지역 백성을 위로하게 했다. 같은 해 12월에 지진이 일어났지만 이와 관련되어 별다른 일이 일어나지는 않았다.

386년(고국양왕 3) 정월에 왕은 왕자 담덕(談德)을 태자로 삼고, 8월에 백제를 정벌했다. 그런데 이후 이변과 함께 재해가 닥쳤다. 10월에 복숭아와 자두꽃이 피는가 하면, 소가 발이 여덟 개이고 꼬리가 두 개인 말을 낳았다. 388년(고국양왕 5) 4월에 가뭄이 들고 8월에 병충해가 들더니, 389년(고국양왕 6) 봄에는 기근이 심해져서 사람들이 서로 잡아먹는 지경에 이르렀다. 고국양왕은 창고를 열어 먹을 것을 주었다.

같은 해 9월에는 이러한 어려움을 틈타 백제가 침입해와서 남쪽 변경 부락을 약탈하고 돌아갔다. 그리고 다음 해인 390년(고국양왕 7) 9월에도 백제가 달솔(達率) 진가모(眞嘉謨)를 보내 도압성(都押城)을 함락시키고 200명을 사로잡아 돌아갔다.

백제와의 갈등은 고구려-신라의 접근을 부추겼다. 391년(고국양왕 8) 봄에 왕은 사신을 신라에 보내 우호를 약속하니, 신라에서는 실성(實聖)을 인질로 보냈다. 그만큼 고구려와 신라의 결속이 다져진 셈이다.

이는 신라 내부의 권력투쟁과도 관련이 있었으며, 훗날 고구려와 신라 관계에 중요한 영향을 주게 된다. 신라가 내물왕 때 고구려에 보낸 인질이, 훗날 내물왕의 뒤를 이은 실성이었기 때문이다. 내물왕의 입장에서는 권력 누수 현상까지 초래할 수 있는 제2인자 실성을 고구려에 인질로 보내, 외교와 국내의 정치적인 경쟁자 제거라는 일거양득의 효과를 챙긴 셈이다.

391년(고국양왕 8) 3월에는 불교를 믿어 복을 구하게 하는 「교서」를 내렸다. 그리고 담당 관청에 명해 나라의 사직[國社]을 세우고 종묘(宗廟)를 수리하게 했다. 그러던 5월에 왕이 죽었다.

제19대, 광개토왕

남방 세력에 대한 고구려의 압박

고국양왕 3년에 태자로 세워졌다가 고국양왕의 뒤를 이은 담덕이 고구려 제19대 왕 광개토왕(廣開土王)이다.

『삼국사기』에는 "기개가 웅대하고 활달한 뜻이 있었다"는 평가가 남아 있다. 그러한 평가에 걸맞게 광개토왕은 즉위한 해부터 여러 업적을 남겼다. 우선 391년(광개토왕 1) 7월에 백제를 정벌해 10성을 함락시켰다. 여기서 그치지 않고 9월에는 거란을 정벌해 남녀 500명을 사로잡았으며, 거란에 잡혀갔던 고구려 백성 1만 명을 데리고 돌아왔다. 또 10월에는 백제의 관미성(關彌城)을 쳐서 함락시켰다. 이 성은 전략요충지였을 뿐 아니라, 바다 한가운데 가파른 절벽으로 둘러싸인 난공불락의 요새였다. 그런데도 광개토왕은 군사를 일곱 방향으로 나누어 공격한 지 20일 만에 함락시켰다.

그런데 광개토왕비에는 바로 즉위년에 "옛날부터 속국으로 조공을 바쳐왔던 백제와 신라가 바다를 건너 침략해 온 왜의 신민이 되었다"는 구절이 나온다. 이것이 유명한 광개토왕비의 '신묘년조(辛卯年條) 기사'다. 그러나 이 내용은 백제나 신라가 고구려의 속국이었다는 말부터 사실과 달라서 믿지 않는 것이 보통이다. 이 내용은 이후인 396년(광개토왕 6)에 왕이 몸소 수군을 인솔해 백제를 토벌했던 데 대한 명분 축적용으로 삽입시킨 내용을 일본 제국주의자들이 편리할 대로 이용한 것으로 보는 것이다.

남방 세력 중에서 고구려에 가장 위협을 주고 있었던 세력은 백제였다. 이러한 점이 광개토왕의 활동에도 반영되어, 즉위 다음 해부터 백제와 충돌이 이어졌다. 392년(광개토왕 2) 8월, 백제가 남쪽 변경을 침략해 와서 이를 방어해냈다. 이러면서도 광개토왕은 평양에 아홉 개의 절을 세웠다. 393년(광개토왕 3) 7월에도 백제가 침략해 왔다. 이때 광개토왕은 직접 정예기병 5,000명을 거느리고 반격해서 이겼고, 남은 백제군은 밤을 틈타 도주했다. 8월에는 백제와의 충돌에 대비해 남쪽 지역에 일곱 개의 성을 쌓았다. 다음 해인 394년(광개토왕 4) 8월에도 왕은 패수(浿水)에서 백제와 싸워 크게 이기고 8,000여 명을 사로잡았다.

4년 정도 백제와의 전쟁을 치러 승기를 잡자 남쪽 방면은 잠잠해졌지만, 곧 북쪽에서 분쟁이 이어졌다. 광개토왕비에는 즉위한 지 5년째 되는 해에 "비려(碑麗)가 고구려에서 빼앗아간 백성을 돌려주지 않아서 왕이 몸소 토벌에 나섰다"고 되어 있다. 부산(富山)을 넘어 염수(鹽水)에 이르러 비려의 세 부락 600~700명을 파하고 소·말·양 떼 등을 헤아릴 수 없이 노획했다. 돌아올 때는 양평도를 거쳐 동쪽으로 오면서 유람을 겸해 사냥을 즐겼다. 그런데 이 사건은 즉위년 9월에 있었던 거란과의 분쟁과 비슷한 양상이라, 일부 전문가들은 같은 사건에 대한 기록으로 보기도 한다.

396년(광개토왕 6), 왕은 군대를 동원해 백제 침공에 나섰다. 이 침공에서 백제의 여러 성을 함락시키고 수도를 향해 진격했다. 백제가 맞섰으나 광개토왕의 선두 부대가 아리수를 건너 진격하자 백제군은 돌아갔으며, 고구려군은 이를 추격해 성을 포위했다. 그러자 "백제왕은 남녀 생구 1,000인과 세포 1,000필을 바치며, 지금부터 영원히 노객이 되겠다"며 꿇어앉아 맹세했다고 한다. 그래서 광개토왕은 용서하고 돌아왔다 한다. 이 정벌에서 '58성, 700촌'과 함께, 백제왕의 아우와 대신 10인을 끌고 돌아왔다 한다.

물론 백제에 대한 감시는 늦추지 않았다. 398년(광개토왕 8)에 다시 백제에 군대를 파견해 여러 성에서 남녀 300여 명을 잡아왔다. 그다음 "조공하는 일을 논했다"는 구절이 나오는 것으로 보아, 396년(광개토왕 6)에 정말 백제왕이 정말 항복했던 것 같지는 않다.

이를 보여주듯이 다음 해인 399년(광개토왕 9)에 백제는 "맹세를 위반하고 왜와 더불어 통호했다"고 되어 있다. 그리고 광개토왕이 평양을 돌아볼 때 신라가 사신을 보내 구원을 요청했다. 광개토왕비에 따르면 "왜인이 나라 안에 가득 차 성과 못이 파괴되니 노객(신라왕)은 백성으로서 왕의 명을 듣기를 원한다"고 되어 있다.

하지만 이 또한 고구려가 편리한 대로 상황을 해석한 듯하다. 어쨌든 광개토왕은 이 요청을 받아들였다. 뿐만 아니라 신라 사신을 돌려보내며 극비 전략까지 전해놓았다. 광개토왕은 백제에 대한 직접적인 압박과 함께 신라와 임나가라·왜가 얽힌 분쟁에도 개입하려 한 것이다.

이 일을 처리하기 전에 후연과도 충돌이 있었다. 400년(광개토왕 10) 정월, 광개토왕은 후연에 사신을 보내 조공을 했다. 그런데 다음 달 모용성(慕容盛)이 무례하다며 3만 명의 군사를 이끌고 침공해 온 것이다. 이때 선봉장이 모용희(慕

容熙)였다. 그는 신성과 남소성(南蘇城)의 두 성을 함락시켜 700여 리의 영토를 점령하고, 5,000여 호를 잡아간 다음에 돌아갔다.

광개토왕은 후연에 당한 피해를 잠시 접어두고 보병과 기병 5만을 파견해 신라 구원에 나섰다. 전년도에 신라에 주었던 극비 전략은 고구려군이 신라 구원에 투입된다는 사실을 비밀에 부쳐야 한다는 것이었다. 비밀리에 배치된 고구려군이 도착하자 왜군은 바로 퇴각했다.

그렇지만 광개토왕은 신라 침공에 투입된 왜군뿐 아니라 배후에서 전진기지 역할을 한 임나가라까지 공략할 생각이었다. 고구려군은 왜군을 추격해 임나가라의 종발성(從拔城)까지 이르렀고, 고구려군을 보자 성은 즉각 항복해버렸다. 그만큼 왜나 임나가라에서는 고구려군이 투입된다는 사실을 알지 못했다는 뜻이 되겠다.

고구려는 점령한 지역에 신라인을 배치해 지키게 했다. 점령당한 가야 지역에서는 왜와의 협력(사실상 백제 · 왜와 연결된 동맹)을 포기했고 일부 왜군은 흩어져 도망갔다. 이와 같은 전과를 올리자, 이전에는 직접 온 적이 없던 "신라 이사금이 몸소 조공을 왔다"고 한다. 이를 통해 고구려의 위상은 크게 높아졌다.

후연과의 갈등, 북연과의 화해

남방 세력을 압박하던 광개토왕은 후연이 침공한 다음 해인 401년(광개토왕 11)이 되어서야 보복에 나섰다. 광개토왕이 군대를 보내 숙군성(宿軍城)을 공략하자, 후연의 평주 자사 모용귀(慕容歸)는 성을 버리고 달아났다.

같은 해 광개토왕은 신라에서 인질로 보냈던 실성을 돌려보내 주었다. 실성은 곧 내물왕의 뒤를 이어 신라의 왕으로 등극했다. 이는 훗날 고구려와 신라 관계에 심각한 영향을 주었다. 실성이 보복으로 내물왕의 아들인 눌지(訥祇)를 고구려에 인질로 보냈기 때문이다.

2년 후인 403년(광개토왕 13) 11월에도 군대를 보내 후연을 침공했다. 그러자 다음 해 정월, 후연의 황제로 등극한 모용희가 요동성을 침공해 왔다. 그런데 성을 공략하던 모용희는 장병들에게 "먼저 성에 오르지 마라. 성을 깎아 평지가 될 때를 기다려서 내가 황후와 함께 수레를 타고 들어갈 것이다"라는 명령을 내렸다고 한다. 이 명령 때문에 성이 위기에 몰리는 순간마다 결정타를 먹이는 데 차질을 빚었고, 결국 요동성을 함락시키지 못하고 돌아갔다.

같은 해, 백제가 왜군과 함께 옛 대방 지역의 석성(石城)을 공격해 오자, 광개토왕은 몸소 병사를 이끌고 맞아 싸웠다.

고구려군의 포위 작전에 걸린 왜군은 괴멸적인 타격을 받았고, 반격당한 백제는 여러 성을 잃었다.

405년(광개토왕 15) 7월, 가뭄이 든데다 병충해까지 입었다. 하필 같은 해 12월에 후연의 모용희가 거란 정벌에 나섰다가 포기하고 돌아가는 길에 많은 장비를 잃어버리고 경무장한 상태로 고구려를 습격했다. 이는 무리한 작전이었다. 후연의 군대는 3,000여 리를 행군한 상태라 병사와 말이 피로에 지쳐 있었고, 추운 계절이라 얼어 죽은 자가 길에 이어졌다. 그런 상황에서 강행한 고구려 목저성(木底城) 공략은 실패로 돌아갔다.

406년(광개토왕 16) 2월, (고구려는) 궁궐을 증축 수리하는 여유를 보였다. 그리고 다음 해인 407년(광개토왕 17)에는 오랫동안 갈등을 빚던 후연과의 관계가 개선되었다. 모용희가 정변으로 쫓겨나고 고구려 출신인 고운(高雲)이 황제에 오른 것이다.

고운의 할아버지인 고화(高和)는 342년(고국원왕 12)에 전연으로 끌려간 고구려 출신으로, 고발(高拔)의 아들이다. 그는 모용보가 태자로 있었을 때, 동궁의 무예급사(武藝給事)를 지내며 모용보를 섬겼다. 그리고 모용회의 반란 때 군사를 거느리고 싸워 반란군을 진압했다. 이 공으로 고운은 모용보의 양자가 되고 석양공(夕陽公)이 되는 한편 모용 씨를 하사

받았다. 이후 모용운(慕容雲)이라는 이름을 썼다.

모용운은 모용보가 등극하자 시어랑(侍御郎) 벼슬을 받았으나, 병으로 인해 얼마 가지 않아 물러났다. 그는 심지가 깊고 도량이 넓었으며 일을 처리하는 능력이 뛰어났지만, 말이 적어 사람들로부터 바보 같다는 평을 듣기도 했다. 훗날 북연의 두 번째 황제가 되는 풍발(馮跋)과 두터운 친교를 쌓았다.

이를 기회로 광개토왕은 3월, 북연(北燕)에 사신을 보내 '종족(宗族)의 정'을 베풀었다. 고운도 시어사(侍御史) 이발(李拔)을 보내 답례했다. 이렇게 해서 한동안 고구려는 북방 세력과 충돌을 피할 수 있었다.

408년(광개토왕 18) 4월, 왕자 거련(巨連)을 태자로 삼았다. 그리고 7월에는 나라 동쪽에 독산(禿山) 등 여섯 성을 쌓은 다음 평양의 백성을 그곳으로 옮겼고, 다음 달인 8월 광개토왕은 남쪽을 돌아보았다.

410년(광개토왕 20)에는 고구려에 저항하던 동부여를 토벌했고 많은 백성을 이주시켰다. 광개토왕이 재위하던 시절 고구려가 정벌한 세력은 숙신 · 읍루(挹婁) · 동예(東濊)까지 포함된다. 이 가운데 일부를 복속시켰다.

광개토왕은 이러한 활약을 통해 한동안 북방 중원 제국의 압박과 남방 백제의 성장에 곤욕을 치르던 고구려를 공세적으로 팽창하는 나라로 탈바꿈시켰다. 즉 고구려의 영역과 영향력을 크게 확장시킨 것이다. 그러면서 영락(永樂)이라는 연호를 사용했다.

이러한 활약을 보이던 광개토왕은 즉위한 지 22년 만인 412년 10월에 죽었다. 그리고 이즈음 신라에서 내물왕의 아들 복호(卜好)를 볼모로 보내왔다.

고구려왕조실록 1 동명성왕~광개토왕 편

펴낸날 초판 1쇄 2016년 1월 30일

지은이 이희진
펴낸이 심만수
펴낸곳 (주)살림출판사
출판등록 1989년 11월 1일 제9-210호

주소 경기도 파주시 광인사길 30
전화 031-955-1350 팩스 031-624-1356
홈페이지 http://www.sallimbooks.com
이메일 book@sallimbooks.com

ISBN 978-89-522-3321-9 04080

※ 값은 뒤표지에 있습니다.
※ 잘못 만들어진 책은 구입하신 서점에서 바꾸어 드립니다.

이 도서의 국립중앙도서관 출판시도서목록(CIP)은 서지정보유통지원시스템 홈페이지(http://seoji.nl.go.kr)와 국가자료공동목록시스템(http://www.nl.go.kr/kolisnet)에서 이용하실 수 있습니다.(CIP제어번호: CIP2016000670)

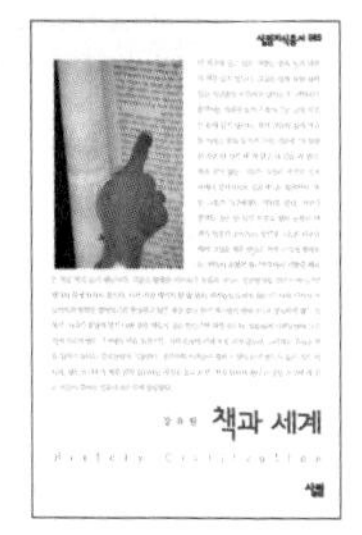

085 책과 세계

강유원(철학자)

책이라는 텍스트는 본래 세계라는 맥락에서 생겨났다. 인류가 남긴 고전의 중요성은 바로 우리가 가 볼 수 없는 세계를 글자라는 매개를 통해서 우리에게 생생하게 전해 주는 것이다. 이 책은 역사라는 시간과 지상이라고 하는 공간 속에 나타났던 텍스트를 통해 고전에 담겨진 사회와 사상을 드러내려 한다.

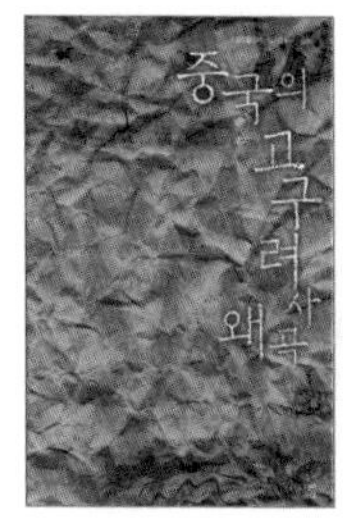

056 중국의 고구려사 왜곡 eBook

최광식(고려대 한국사학과 교수)

중국의 고구려사 왜곡의 숨은 의도와 논리, 그리고 우리의 대응 방안을 다뤘다. 저자는 동북공정이 국가 차원에서 진행되는 정치적 프로젝트임을 치밀하게 증언한다. 경제적 목적과 영토 확장의 이해관계 등이 복잡하게 얽혀 있는 동북공정의 진정한 배경에 대한 설명, 고구려의 역사적 정체성에 대한 문제, 고구려사 왜곡에 대한 우리의 대처방법 등이 소개된다.

291 프랑스 혁명 eBook

서정복(충남대 사학과 교수)

프랑스 혁명은 시민혁명의 모델이자 근대 시민국가 탄생의 상징이지만, 그 실상을 아는 사람은 많지 않다. 프랑스 혁명이 바스티유 습격 이전에 이미 시작되었으며, 자유와 평등 그리고 공화정의 꽃을 피기 위해 너무 많은 피를 흘렸고, 혁명의 과정에서 해방과 공포가 엇갈리고 있었다는 등의 이야기를 통해 프랑스 혁명의 실상을 소개한다.

139 신용하 교수의 독도 이야기 eBook

신용하(백범학술원 원장)

사학계의 원로이자 독도 관련 연구의 대가인 신용하 교수가 일본의 독도 영토 편입문제를 걱정하며 일반 독자가 읽기 쉽게 쓴 책. 저자는 역사적으로나 국제법상으로 실효적 점유상으로나, 어느 측면에서 보아도 독도는 명백하게 우리 땅이라고 주장하며 여러 가지 역사적인 자료를 제시한다.

144 페르시아 문화

eBook

신규섭(한국외대 연구교수)

인류 최초 문명의 뿌리에서 뻗어 나와 아랍을 넘어 중국, 인도와 파키스탄, 심지어 그리스에까지 흔적을 남긴 페르시아 문화에 대한 개론서. 이 책은 오랫동안 베일에 가려 있던 페르시아 문명을 소개하여 이슬람에 대한 편견과 오해를 바로 잡는다. 이태백이 이란계였다는 사실, 돈황과 서역, 이란의 현대 문화 등이 서술된다.

086 유럽왕실의 탄생

김현수(단국대 역사학과 교수)

인류에게 '예술과 문명' 그리고 '근대와 국가'라는 개념을 선사한 유럽왕실. 유럽왕실의 탄생배경과 그 정체성은 무엇인가? 이 책은 게르만의 한 종족인 프랑크족과 메로빙거 왕조, 프랑스의 카페 왕조, 독일의 작센 왕조, 잉글랜드의 웨섹스 왕조 등 수많은 왕조의 출현과 쇠퇴를 통해 유럽 역사의 변천을 소개한다.

016 이슬람 문화

이희수(한양대 문화인류학과 교수)

이슬람교와 무슬림의 삶, 테러와 팔레스타인 문제 등 이슬람 문화 전반을 다룬 책. 저자는 그들의 멋과 가치관을 흥미롭게 설명하면서 한편으로 오해와 편견에 사로잡혀 있던 시각의 일대 전환을 요구한다. 이슬람교와 기독교의 관계, 무슬림의 삶과 낭만, 이슬람 원리주의와 지하드의 실상, 팔레스타인 분할 과정 등의 내용이 소개된다.

100 여행 이야기

eBook

이진홍(한국외대 강사)

이 책은 여행의 본질 위를 '길거리의 철학자'처럼 편안하게 소요한다. 먼저 여행의 역사를 더듬어 봄으로써 여행이 어떻게 인류 역사의 형성과 같이해 왔는지를 생각하고, 다음으로 여행의 사회학적 · 심리학적 의미를 추적함으로써 여행에 어떤 의미를 부여할 것인가에 대해 말한다. 또한 우리의 내면과 여행의 관계 정의를 시도한다.

293 문화대혁명 중국 현대사의 트라우마

eBook

백승욱(중앙대 사회학과 교수)

중국의 문화대혁명은 한두 줄의 정부 공식 입장을 통해 정리될 수 없는 중대한 사건이다. 20세기 중국의 모든 모순은 사실 문화대혁명 시기에 집약되어 있다고 해도 과언이 아니다. 사회주의 시기의 국가 · 당 · 대중의 모순이라는 문제의 복판에서 문화대혁명을 다시 읽을 필요가 있는 지금, 이 책은 문화대혁명에 대한 안내자가 될 것이다.

174 정치의 원형을 찾아서

eBook

최자영(부산외국어대학교 HK교수)

인류가 걸어온 모든 정치체제들을 매우 짧은 기간 동안 시험하고 정비한 나라, 그리스. 이 책은 과두정, 민주정, 참주정 등 고대 그리스의 정치사를 추적하고, 정치가들의 파란만장한 일화 등을 소개하고 있다. 특히 이 책의 저자는 아테네인들이 추구했던 정치방법이 오늘 우리 사회가 당면한 문제를 해결할 수 있는 지혜의 발견에 도움을 줄 수 있을 것이라고 말한다.

420 위대한 도서관 건축순례

eBook

최정태(부산대학교 명예교수)

이 책은 도서관의 건축을 중심으로 다룬 일종의 기행문이다. 고대 도서관에서부터 21세기에 완공된 최첨단 도서관까지, 필자는 가능한 많은 도서관을 직접 찾아보려고 애썼다. 미처 방문하지 못한 도서관에 대해서는 문헌과 그림 등 가능한 많은 정보를 수집하려 노력했다. 필자의 단상들을 함께 읽는 동안 우리 사회에서 도서관이 차지하는 의미에 대해 다시 생각하게 된다.

421 아름다운 도서관 오디세이

eBook

최정태(부산대학교 명예교수)

이 책은 문헌정보학과에서 자료 조직을 공부하고 평생을 도서관에 몸담았던 한 도서관 애찬가의 고백이다. 필자는 퇴임 후 지금까지 도서관을 돌아다니면서 직접 보고 배운 것이 40여 년 동안 강단과 현장에서 보고 얻은 이야기보다 훨씬 많았다고 말한다. '세계 도서관 여행 가이드'라 불러도 손색없을 만큼 풍부하고 다채로운 내용이 이 한 권에 담겼다.